本书为浙江省哲学社会科学规划课题“俄罗斯新现实主义小说研究”（19NDJC177YB）成果

本书受浙江大学文科精品力作出版资助计划支持

本书受第四期之江青年课题研究经费、中央高校基本科研业务费专项资金支持

外国文学研究丛书

当代俄罗斯新现实主义小说研究

薛冉冉 著

Новый реализм в современной русской прозе

ZHEJIANG UNIVERSITY PRESS
浙江大学出版社
·杭州·

图书在版编目（CIP）数据

当代俄罗斯新现实主义小说研究 / 薛冉冉著. -- 杭州 : 浙江大学出版社, 2024.8
ISBN 978-7-308-21844-3

Ⅰ. ①当… Ⅱ. ①薛… Ⅲ. ①现实主义－小说研究－俄罗斯－现代 Ⅳ. ①I512.074

中国版本图书馆CIP数据核字(2021)第206597号

当代俄罗斯新现实主义小说研究

薛冉冉 著

策划编辑 董 唯
责任编辑 董 唯
责任校对 杨诗怡
封面设计 周 灵
出版发行 浙江大学出版社
（杭州市天目山路148号 邮政编码 310007）
（网址：http://www.zjupress.com）
排 版 杭州林智广告有限公司
印 刷 杭州高腾印务有限公司
开 本 710mm×1000mm 1/16
印 张 12.25
字 数 200千
版 印 次 2024年8月第1版 2024年8月第1次印刷
书 号 ISBN 978-7-308-21844-3
定 价 58.00元

目　录

导　言 …………………………………………………………… 1

第一章　俄罗斯新现实主义文学概况 ……………………… 13

第一节　争夺话语的现实主义 ……………………… 18

第二节　捍卫文学的现实主义 ……………………… 27

第二章　俄罗斯新现实主义小说的核心主题 ……………… 37

第一节　时间之维的过去与现在 …………………… 40

第二节　空间之维的城市与乡村 …………………… 52

第三章　俄罗斯新现实主义小说的人物塑造 ……………… 63

第一节　务实且坚韧的新式女性 …………………… 67

第二节　在迷茫中游走的新式男青年 ……………… 77

第四章　俄罗斯新现实主义小说的伦理建构 ……………… 87

第一节　家庭伦理秩序的重建 ……………………… 91

第二节　社会伦理秩序的重构 ……………………… 104

第五章　俄罗斯新现实主义小说的艺术特征…………………… 115

第一节　社会化的自传式书写 …………………… 119

第二节　多元叙述交流模式 …………………… 128

第六章　结　语…………………… 139

参考文献…………………… 145

附　录…………………… 161

后　记…………………… 190

导　言

随着时间的推移，自20世纪90年代初俄罗斯进入社会转型期以来，当代俄罗斯文学已发展了30余年。用俄罗斯文学评论家库兹涅佐娃2019年为其文章所起的标题《文学不是博物馆——后苏联文学30年：是时候把它研究透彻了》[①]来说，这30余年给了我们足够的空间来观察俄罗斯文学的进程，梳理现实主义文学创作原则在这段时期里的起起伏伏。

俄罗斯文学评论界对这30余年俄罗斯现实主义文学发展的状况评价不一，却不约而同地选择了“新现实主义”这一术语来进行界定，即在后现代主义之后再次回归对社会现实的真实、典型的文学再现。那么新现实主义文学的生成机制是怎么样的，究竟有什么文学特质？当代新现实主义小说又有着怎样的创作特征，与俄罗斯文学史上白银时期的新现实主义小说又有着怎样的不同？这些无论是在俄罗斯的文学研究界，还是在我国的俄罗斯文学研究界，都是尚未被系统研究却又非常重要的问题。

20世纪八九十年代，特别是在20世纪90年代俄罗斯社会转型之初，往昔苏联文学中正统的社会主义现实主义创作原则及与之对

① Кузнецова А. Литература—не музей, 30 лет постсоветской литературе: пора разобраться. [2022-12-01]. https://magazines.gorky.media/znamia/2019/1/literatura-ne-muzej.html.

应的审美取向和价值取向受到质疑甚至被动摇，现实主义“一度被指责为片面的，无法深入地、多层次地表现社会生活的陈旧过时的创作方法”①。俄罗斯文学虽继承了苏联文学对现实的关注、积极介入的姿态以及对生活的探索精神，却刻意与现实主义保持距离，不断地尝试语言、方法和体裁等方面的实验。一时间，文学图景色彩斑斓却也“审美凌乱”，先锋主义、后先锋主义、现代主义、后现代主义、超现实主义、印象主义、观念主义等汇集，这些“主义”还往往会杂糅在同一位作家的创作之中。②

随着新千年的到来，俄罗斯社会也进入了相对平稳期。人们对后现代主义文学中的语言游戏逐渐感到厌倦，重新回归现实主义文学的呼声越来越高。2001 年，俄罗斯青年作家沙尔古诺夫在文艺杂志《新世界》上发表了新现实主义宣言《拒绝哀悼》，掷地有声地宣告：“后现代主义奄奄一息，新现实主义即将到来。”③ 同年，作家先钦在青年作家网站 PROLOG 上也发表了与沙尔古诺夫类似的关于新现实主义文学的主张，题为《新世纪的流派》。先钦在文中指出，回归传统语言，回归传统形式，传统的永恒主题与问题是新世纪俄罗斯文学的重要特征，拒绝大众文学，拒绝虚构，强调严肃性。④ 此外，沙尔古诺夫、先钦与普里列平等青年作家还积极地在自己的创作中践行新现实主义文学理念。⑤

---

① 张建华. 新时期俄罗斯小说研究（1985—2015）. 北京：高等教育出版社，2016：87.

② 详见：Тимина С., Васильев В., Воронина О., и др. Современная русская литературу (1990-е гг.–начало XXI в.). СПб: Филологический факультет СПбГУ, 2005: 10.

③ Шаргунов С. Отрицание траура. [2022-12-01]. https://magazines.gorky.media/novyi_mi/2001/12/otriczanie-traura.html.

④ 该文章也被收录在《新现实主义：赞同与反对》文集中。详见：Сенчин Р. Направление нового века//Гусев В., Казначеев С. Новый реализм: за и против. М.: Издательство Литературного института им. А. М. Горького, 2007: 166-169.

⑤ 沙尔古诺夫、先钦与普里列平既是活跃的作家，也是积极的文学评论者和文学活动家，这也是推进新现实主义文学发展的青年作家的共有特征之一。

2003年，评论家邦达连科在《新现实主义》一文中将当时俄罗斯文坛上存在的三个风格不尽相同却都自称属于新现实主义文学流派的文学群体进行了分类和分析。第一个是评论家卡兹纳切耶夫所赞赏的波波夫、杰戈捷夫、科兹罗夫等作家的群体，他们侧重吸收后现代主义创作手法，这也是列伊捷尔曼所称的后现实主义文学；第二个是评论家巴辛斯基所赞赏的帕夫洛夫、瓦尔拉莫夫、瓦西连科等作家的群体，他们在后现代主义占主导的时期执着地追求崇高的传统现实主义；第三个便是以新现实主义小说流派自居的青年作家群体，包括普里列平、先钦、沙尔古诺夫等，他们的创作方式就是刨根问底地描写他们身边的"新现实"：没有理想化，没有象征符号，没有概括，几乎是精细到生理特征层面地描述当下青年人的污浊的现实世界。①

早在20世纪90年代，俄罗斯文学评论界就热衷于探讨后现代主义。而在将现实主义与陈旧的思想价值体系类比时，有些评论家已经关注到了后现代主义文学和现实主义文学的辩证关系。俄罗斯文学评论家斯捷帕尼扬在1992年撰写的评论文章《作为后现代主义终结阶段的现实主义》中指出，现实主义具有强大的生命力，后现代主义发展的方向是有机而深入地渗透到现实主义诗学传统中。②在1996年发表的文章《逃离梦魇的现实主义》中，斯捷帕尼扬再次指出，在文学中占主导地位的后现代主义渐渐不再流行，作家们更多

① 详见：Бондаренко В. Новый реализм. (2003-08-20)[2022-12-01]. https://zavtra.ru/blogs/2003-08-2071?ysclid=lw3g82yx2k463485637. 邦达连科在这篇评论文章中对新现实主义这一名称表示不以为然，他提到，在俄罗斯文学史上多次出现过这一术语，在19世纪使用过，在20世纪亦然。在他看来，每一位有才华的艺术家都在创作属于自己的新现实主义作品。然而，在当代俄罗斯文学发展的前10年中，三个完全不同的作家群体都高调地用"新现实主义者"来标榜自己，并且在创作中践行各自的新现实主义风格，这的确值得评论界关注。

② 详见：Степанян К. Реализм как заключительная стадия постмодернизма. Знамя, 1992(9): 231-238.

地思考生命的真理，重视对现实的精确描写。[①]

1993年，评论家巴辛斯基在《回归：关于现实主义和现代主义的论战性札记》一文中也使用了“新现实主义”这一术语，并以此来概括这种已经不同于苏联文学中现实主义的文学动态。[②]上文中提到的卡兹纳切耶夫教授一向坚持，现实主义不仅仅是艺术创作方法，还是文化发展的一部分，它在社会发展的每个阶段都会以新的面孔重生，故理所当然地可以用“新现实主义”来命名。[③]值得一提的是，卡兹纳切耶夫教授在其极具史料价值的评论文章《关于新现实主义问题的简要历史》中介绍，20世纪90年代，莫斯科作家协会曾围绕新时期的现实主义举办过三次研讨会，可以说，这是促成新现实主义这一术语真正学术化的主要推动力。[④]2007年，卡兹纳切耶夫教授与古谢夫教授将三次作家协会研讨会及近些年围绕新现实主义所展开的学术讨论成果进行整理并编著了《新现实主义：赞同与反对》一书。[⑤]卡兹纳切耶夫教授于2013年完成了大博士论文《现实主义现象学：起源、进化、再生》，在该研究中，他继承了利哈乔夫、斯米尔诺夫等学者所提到的现实主义文学是原生性的建构世界的艺术形态的理论，将不同时期的现实主义的再生和进化都看成统一的整体，

---

① 详见：Степанян К. Реализм как спасение от снов. Знамя, 1996(11): 194-200.

② Басинский П. Возвращение: полемические заметки о реализме и модернизме. [2022-12-01]. https://magazines.gorky.media/novyi_mi/1993/11/vozvrashhenie.html?ysclid=lxqznjhlo4256596212.

③ 详见：Казначеев С. Краткая история вопроса о «Новом реализме». [2022-12-01]. https://www.rospisatel.ru/konferenzija/kaznatsheev.htm.

④ Казначеев С. Краткая история вопроса о «Новом реализме». [2022-12-01]. https://www.rospisatel.ru/konferenzija/kaznatsheev.htm.

⑤ Гусев В., Казначеев С. Новый реализм: за и против. М.: Издательство Литературного института им. А. М. Горького, 2007. 该文集收录的会议资料有1997年、1998年、2000年莫斯科作家协会举办的三次研讨会的报告，以及2000年至2005年的相关评论文章等。

并对21世纪俄罗斯新现实主义小说的生成机制进行了分析。[①]其理论功底的深厚赢得了新现实主义小说作家们的钦佩，可以称其为新现实主义小说的理论核心人物。该论文对本书的研究有很大的启发，特别是将现实主义小说看作动态的内部自省和进化的过程这一观点，这也是支撑本书的重要理念。

正如不少文论家所说的，新现实主义小说在俄罗斯文学史上不止一次地被用来界定不同时期的小说创作。在白银时期，当现实主义与现代主义碰撞在一起时，便出现了关于新现实主义小说的评论和界定，代表学者有什克洛夫斯基、扎米亚金等形式主义文论家。在苏联后期和苏联解体后的俄罗斯小说中，当现实主义与后现代主义碰撞在一起时，又出现了关于新式的现实主义小说的评论和界定，此时多用“后现代现实主义小说”或“后现实主义小说”的名称，代表学者有利波维茨基、季明娜等。在新时期俄罗斯文学中，就像沙尔古诺夫所说的，“新现实主义是自由一代作家的密码，能医治旧根基派与旧自由派的失落谵语”[②]。可以说，新现实主义文学创作者努力践行着以文学建构世界的使命。

圣彼得堡师范大学的切尔尼亚克教授在其2015年的专著《21世纪的文学现实》中指出，20、21世纪之交的俄罗斯文学状况与20世纪二三十年代时非常相似。主张新现实主义文学的作家们多是70后、80后，特别是80后作家，他们是最为自由的创作者，没有任何指向过去的负担，几乎是在白纸上开始创作。[③]

目前，俄罗斯国内有两篇较有影响力的以俄罗斯新现实主义小说为研究对象的博士论文，一篇为库班国立大学罗泰教授在2013年

① Казначеев С. Феноменология русского реализма: генезис, эволюция, регенерация. М.: Литературный институт им. А. М. Горького, 2014.

② Шаргунов С. Отрицание траура. [2022-12-01]. https://magazines.gorky.media/novyi_mi/2001/12/otriczanie-traura.html.

③ 详见：Черняк М. Актуальная словесность XXI века. М.: Флинта, 2015: 85-92.

完成的《当代俄罗斯文学中的新现实主义小说：普里列平、先钦、沙尔古诺夫的艺术世界观》，另一篇为下诺夫哥罗德大学谢洛娃博士的《21世纪俄罗斯文学中作为文学流派的新现实主义》。[①] 这两篇论文对本书的研究均有重要的借鉴意义。不过，两篇文章都局限在普里列平、先钦、沙尔古诺夫这三位代表性作家的创作研究上，在章节设置上，都是分别将三位作家的创作研究作为三大主体章节。这些对作家的个性研究的成果对我们了解俄罗斯新现实主义小说非常重要，但在一定程度上却回避了关于俄罗斯新现实主义小说的理论建构和创作特性的整体论述。本书尝试解决这一问题，所以不以代表性作家为章节划分标准，而是将新现实主义小说关注的主题、人物塑造和艺术特征等作为剖析的对象。

关于新现实主义小说，我国俄罗斯文学研究界也取得了显著的研究成果。张建华、张捷、刘文飞、侯玮红、周启超、张俊翔、王树福、邱静娟、张栋等学者聚焦现实主义在新时期俄罗斯文学中体现的新艺术特质，并着重提到了后现实主义文学和新现实主义文学。

系统介绍新现实主义小说的研究成果有《俄罗斯文艺界掀起现实主义大讨论》（侯玮红，2005）、《俄罗斯文学界关于新现实主义的讨论》（张捷，2009）。前者概述了新时期四种现实主义形态——新现实主义、后现实主义、移变现实主义、正统派现实主义；后者则以时间为序，对20世纪90年代以来关于新现实主义的讨论进行了梳理，呈现了俄罗斯文学界辨识新现实主义小说流派的过程，并对代表性作家的创作进行了介绍。王树福在论文《当代俄罗斯新现实主义的兴起》（2018）中借鉴最新研究成果指出了新现实主义中美学观念的哲

① Ротай Е. “Новый реализм” в современной русской прозе: художественное мировоззрение Р. Сенчина, З. Прилепина, С. Шаргунова. Краснодар: Кубанский государственный университет, 2013; Серова А. Новый реализм как художественное течение в русской литературе XXI века. Нижний Новгород: Нижегородский государственный университет им. Н. И. Лобачевского, 2015.

理倾向、艺术手法的综合趋势与叙事策略的多样态势等。张建华在专著《新时期俄罗斯小说研究（1985—2015）》（2016）中一再强调，具有深厚的现实主义传统的俄罗斯文学不会让现实主义这一巨型叙事话语洪流断流，构筑表达俄罗斯精神和俄罗斯经验的新的现实主义文学是当代俄罗斯作家的审美共识，并在“现实主义”一章中对现实主义在新时期的新形态和新特质进行了精确分析。

但总的来说，相较于俄罗斯文学其他领域，国内学界对俄罗斯新现实主义小说的研究相对薄弱，多集中在对普里列平、先钦、沙尔古诺夫等代表性作家的介绍或单部作品的分析上，如《年轻的新现实主义作家沙尔古诺夫》（张捷，2004）、《“新的高尔基诞生了”——俄罗斯文坛新锐普里列平及其新作〈萨尼卡〉》（王宗琥，2008）、《长篇小说〈乌拉〉》（侯玮红，2009）、《无以抵抗的现实之恶与精神之痛——论罗曼·先钦的〈叶尔特舍夫一家〉》（张俊翔，2015）等。近年来出现了研究该流派代表作家作品的学位论文，并且数量有增加的趋势，如《谈历史悲剧中人的命运——扎·普里列平新作〈修道院〉思想内容研究》（崔雪真，2016）、《论罗曼·先钦的长篇小说〈叶尔特舍夫一家〉的主题和艺术特色》（韩婷婷，2017）、《〈水库库区〉的艺术世界》（陈彦会，2017）等。值得一提的是，2017 年张栋的博士学位论文《“新现实主义”视野下的扎哈尔·普里列平创作研究》梳理了新现实主义流派出现的始末，并在该流派倡导的美学机制框架下分析了普里列平的创作，颇具创新意识。

此外，王守仁教授主持的国家社会科学基金重大项目“战后世界进程与外国文学进程研究”的专著成果中的第一卷《战后现实主义文学研究》，对英国、美国、法国、俄罗斯、德国、澳大利亚、加拿大等国家，拉美、非洲、亚洲等地区的现实主义文学进行了较为系统的研究，揭示了现实主义题材多样化、真实标准多样化、叙事手法多样化的特点，展示了现实主义小说的多元发展态势及其丰富内涵。该专著对现实主义“现实 / 虚构”的内在悖论进行了理论层面的探索与挖掘，为现实主义文学研究提供了宽广的世界图景与具有纵深的历史维度。[①]

本书尝试在上述研究成果的基础上，在现实主义的多形态观照下，对新现实主义小说应运而生的历史语境、创作特性进行梳理和挖掘，对其生成机制、文学特质进行系统研究，从中探究新时期俄罗斯文学发展的轨迹，历史性地描绘出现实主义、现代主义、后现代主义等文学流派的碰撞与对话，以及相互吸收借鉴的过程；侧重概述新现实主义小说关注的社会伦理主题、典型新人物的勾画特点和叙事策略等，进而立体地呈现其全貌；并通过对新现实主义小说的具体研究，提炼出现实主义发展的轨迹，揭示文学与生活、文学与现实、现实与虚构等的辩证机制，进而挖掘俄罗斯文学屹立于世界文学之林的特殊魅力之所在，为我国现实主义文学的发展提供可资借鉴的经验。

当代俄罗斯新现实主义小说研究这一课题开展的重点和难点，首先是对俄罗斯“新现实主义小说”进行科学界定。现实主义作为原生性的艺术世界模型，其存在和发展有着悠久的历史和巨大的再生潜能，因此，如何将俄罗斯新现实主义小说“新”的特质呈现出来是研究的根本之所在。

其次，如何透过文学批评话语的“迷雾”把握俄罗斯新现实主义小说真正的特质也是需要思考的内容。正如上文提及的那样，俄罗斯新现实主义小说的创作者们非常活跃地参与俄罗斯新现实主义文学批评过程，他们除了作家的身份，还是评论家、文集等出版物的主编，所以他们关于新现实主义小说创作的文学宣言、评论文章在

① 参见：王守仁. 战后世界进程与外国文学进程研究（第一卷·战后现实主义文学研究）. 南京：译林出版社，2019.

某些时候与其具体的创作并不完全吻合。此外，在俄罗斯文学评论界，特别是20世纪90年代，对现实主义与后现代主义的评论在很大程度上与俄罗斯知识分子根基派与西欧派的论争联系在一起，进而使得审美批评与意识形态辩护杂糅在一起。

最后，如何通过对俄罗斯新现实主义小说的研究来以小见大，呈现俄罗斯现实主义文学内在自省和发展的脉络，进而折射出当代俄罗斯文学所承载的哲学观、历史观等，也是本书探究的方向之一。

本书的创新之处，大致可以从以下三个方面来谈。

第一，在学术思想方面，本书的研究主线是将现实主义文学作为一个有机整体，作为构建世界的原发性艺术模型看待，新现实主义小说则是现实主义在新时期俄罗斯文学内部自省和更新的呈现。在此认识的前提下，本书归纳总结了国内外学界对当代俄罗斯小说创作中现实主义模式新形态的讨论，将残酷自然主义文学（揭污文学）、后现实主义文学、新现实主义文学等不同现实主义模式的特质加以剖析和对比。在此基础上，梳理国内外学界关于俄罗斯新现实主义小说的既有研究，展望当代俄罗斯小说创作的走向。

第二，在学术观点方面，本书采用了全新的研究视角，将俄罗斯新现实主义小说的产生和发展作为当代俄罗斯文学发展进程中的重要事件，对现实主义的文学能动性和文学独特性，以及作家们的主观能动性进行研究。践行新现实主义写作的作家积极参与当代俄罗斯文学发展进程，同时又影响着该进程甚至主导着其发展方向。

第三，在研究方法方面，本书将共时性和历时性研究相结合，将横向的新现实主义作家与作品、文学创作与批评之间的能动机制和纵向的俄罗斯现实主义文学的起源、进化和再生过程结合在一起，系统地考察俄罗斯新现实主义的有机结构和具体形态。另外，点与面相结合，将文本细读与新现实主义小说类型研究相结合，并进一步扩展到对新时期俄罗斯文学中各种形态的现实主义文学流派的观照，进而从整个世界文学的层面，凸显俄罗斯新现实主义文学所折射的俄罗斯文化特有的哲学观与历史观。

牛津大学凯利教授在其专著《俄罗斯文学》中曾写道：俄罗斯作家接受艺术和道德伦理可以共存的观念，艺术作品的建构是一种有意识的行为。[①] 可以说，俄罗斯新现实主义小说的创作是一种姿态、一种呼唤，是一种积极推动文学创作的态度；是一种对文学中心主义或者文学影响力回归的呼吁，也是一种追求文学之本的行动，值得我们去关注并开展深入的研究。

---

① 凯利．俄罗斯文学．马睿，译．南京：译林出版社，2019：91，103.

第一章

俄罗斯新现实主义文学概况

殷企平和朱安博在《什么是现实主义文学》一书中曾对现实主义文学概要地进行过界定：现实主义文学广义上指的是一种用文学再现人类生活和经验的创作模式或方法，狭义上指的是现实主义文学活动。[①] 西方文学史上常把出版于1719年的笛福的《鲁滨逊漂流记》作为小说创作发端的重要见证，同时，也将其看作现实主义小说的起点。这部小说"把笛福推上了英国现实主义小说之父的位置"[②]。自这部小说被公认为现实主义小说的开端起，现实主义文学创作实践和关于现实主义文学的研究在法国、德国、俄国等国家[③] 逐渐得到了发展，进而成为世界性的文学类别。许多学者认识到，文学与现实的关系在文学发展史和文学研究史中非常重要，现实主义文学的发展

① 详见：殷企平，朱安博. 什么是现实主义文学. 上海：上海外语教育出版社，2011.

② 侯维瑞，李维屏. 英国小说史. 南京：译林出版社，2005：90.

③ 之所以列举这几个国家，首先是因为韦勒克考证出，现实主义这个名词最早的使用出现在1826年的法国。而这一名词作为专门术语的使用，则起源于德国剧作家席勒和德国早期浪漫派的重要理论家施莱格尔。详见：韦勒克. 批评的概念. 张金言，译. 杭州：中国美术学院出版社，1999.

在很大程度上是文学活动的必然维度。①

在俄罗斯文学的发展进程中，现实主义文学发挥了重要作用，它也为世界文学贡献了许多经典作品。研究界常将1825年定为俄罗斯文学从浪漫主义向现实主义转变的重要年份：正是在这一年，格里鲍耶陀夫的现实主义喜剧《聪明误》面世，普希金的现实主义历史剧《鲍里斯·戈都诺夫》和诗体小说《叶甫盖尼·奥涅金》的部分章节完成。不过，借用郑体武先生的话来说，此时都还仅仅是奠基阶段，现实主义在俄罗斯文学中地位的确立和巩固是在普希金、莱蒙托夫和果戈理的创作实践达到顶峰之后。② 在19世纪40—70年代，追随果戈理的“自然派”作家成为现实主义文学的中坚力量，别林斯基、车尔尼雪夫斯基、杜勃罗留波夫和皮萨列夫的文学批评成为俄罗斯现实主义的理论支柱。③ 与此同时，这一时期文学与文论的发展也奠定了现实主义在俄罗斯文坛的重要地位。

著名俄国文学史学家米尔斯基在《俄国文学史》中用了将近四章的篇幅来梳理俄国文学史中的现实主义时代，他在“俄国现实主义小

---

① 正如文学与文论研究者所达成一致的那样，从古至今，西方文论始终是围绕着文学与世界、作家、作品、读者四个要素的关系展开的，只不过20世纪以来，人们对于这四个要素含义的理解已经发生了变化。概括地说，西方古代文论更加强调文学与现实的关系，西方近代文论更加关注作品与作家的关系，西方现代文论更加关注文学作品的内在构成规律，西方后现代文论的研究中心则转向作品与读者、作品与社会历史文化的关系。但这种研究重心或问题视域的转换，并不意味着在文学活动中就没有基本的问题维度了，也不意味着在文学理论研究中就没有基本的问题视域了。这个基本问题就是文学与现实的关系。详见：《西方文学理论》编写组. 西方文学理论. 2版. 北京：高等教育出版社，2018：4. 又如欧美现当代文学理论大师艾布拉姆斯所提到的文学四要素理论，在很大程度上也是直接或间接地反映文学与现实的关系，围绕文学与世界的关系，形成了“模仿说”；围绕作品与作家的关系，形成了“表现说”；围绕作品与读者的关系，形成了“实用说”；把作品作为独立的客体加以客观分析，则有了“客观说”这种把语言作为文学活动本体的文学理论。详见：艾布拉姆斯. 镜与灯：浪漫主义文论及批评传统. 郦稚牛，张照进，童庆生，译. 北京：北京大学出版社，1989：6.

② 郑体武. 俄罗斯文学简史. 上海：上海外语教育出版社，2006：43.

③ 郑体武. 俄罗斯文学简史. 上海：上海外语教育出版社，2006：73.

说的缘起和特色”一节中写道，现实主义小说“统治了 1845—1905 年（大约）的俄国文学，几乎排挤了其他各种文学体裁。对于大多数外国读者而言，此为整个俄罗斯语言中存在的最有趣现象。这是俄国为欧洲文学作出的首要贡献”①。米尔斯基指出，现实主义的构成谱系是果戈理讽刺性自然主义和更早的感伤现实主义、普希金和莱蒙托夫的经典现实主义元素、19 世纪三四十年代诸多莫斯科小组的理想主义，别林斯基的批评理论更是发挥了难以估量的作用。此外，米尔斯基对现实主义进行了实践主题和思想追求的概括：充分发展的俄国现实主义不仅仅是对人类底层生活的反映，能够揭示其最庸俗、最荒谬的层面，更是试图寻求某些合适的形式，以便去描写人类生活的更高层面，描写善与恶的交融，描写正常人——不是人类的“一幅漫画”，而就是一个人。②

20 世纪杰出思想家别尔嘉耶夫在《俄罗斯思想》一书中梳理了俄罗斯民族特有的深刻思想，同时也对俄国文学，特别是俄国现实主义文学的长足发展给出了颇具洞察力的理解：19 世纪伟大的俄国作家进行创作不是由于令人喜悦的创造力的过剩，而是由于渴望拯救人民、人类和全世界，由于对不公正和人的奴隶地位的忧伤与痛苦。③俄罗斯思想经常充满改观现实的内容，认识与变化结合在一起。俄罗斯人不仅以自己的创作热情写出完美的作品，而且在这种热情中开展完美的生活。甚至连俄罗斯的浪漫主义追求的也不是脱离现实，而是更美好的现实。俄罗斯人在西方思想中所寻找的首先是改变和克服现有的丑陋现实的力量，首先寻找的是摆脱现实的出路。④

---

① 米尔斯基. 俄国文学史（上卷）. 刘文飞，译. 北京：人民出版社，2013：231.

② 详见：米尔斯基. 俄国文学史（上卷）. 刘文飞，译. 北京：人民出版社，2013：233-234.

③ 别尔嘉耶夫. 俄罗斯思想：19 世纪至 20 世纪初俄罗斯思想的主要问题. 修订译本. 雷永生，邱守娟，译. 北京：生活·读书·新知三联书店，2004：24.

④ 别尔嘉耶夫. 俄罗斯思想：19 世纪至 20 世纪初俄罗斯思想的主要问题. 修订译本. 雷永生，邱守娟，译. 北京：生活·读书·新知三联书店，2004：27.

别尔嘉耶夫在这部专著中还写道：对俄罗斯人来说，现实性而非人道主义是思维所固有的，俄罗斯人的确具有现实主义气质。①

可以说，别尔嘉耶夫看到了俄国文学对现实主义的偏爱与俄罗斯人对现实的关怀、对时代担当的使命感和改变现实能动性的自信密不可分。同时，他还预测了现实主义文学发展变化的原动力，那就是对现实的改观，对现实的认识都将与变化结合在一起。正如“每个时代都有自己的现实主义”②，现实主义创作的革新与发展有着历史必然性。

那么在新时期的俄罗斯文学中，现实主义创作的革新与发展到底呈现在什么方面呢？在本章中，我们将结合新时期俄罗斯文学中思潮论争的焦点、俄罗斯文学在社会中的地位及现实主义内部的交流与探索来对此进行论述。

第一节　争夺话语的现实主义

2001 年，沙尔古诺夫在《新世界》上发表的《拒绝哀悼》，被其志同道合者及文论界看作新现实主义宣言。在这篇宣言中，沙尔古诺夫剑指俄罗斯文坛三大现象：一是图书市场的商业化所带来的庸俗化，讨好读者、迎合读者、没有质量内涵的书籍挤占了严肃文学作品的生存空间；二是甚嚣尘上的后现代主义文学作品无处不在，却因其文本内部游戏化导致读者对其敬而远之；三是成名于苏联后期的作家此时仍在创作，但是创作惯性影响着他们，使其难以找到合

① 详见：别尔嘉耶夫. 俄罗斯思想：19 世纪至 20 世纪初俄罗斯思想的主要问题. 修订译本. 雷永生，邱守娟，译. 北京：生活·读书·新知三联书店，2004.

② Stern J. P. On Realism. London: Routledge, 1973: 89.

适的语言或方法来展现真实的现实生活。① 先钦选择在前文提到的PROLOG 网站上发表《新世纪的流派》一文，在很大程度上是有意回应 19、20 世纪之交的文学流派新特征，即梅列日科夫斯基于 1892 年做的题为“论当代俄国文学衰落的原因及其新流派”的报告。先钦指出，20 世纪俄罗斯文学的重要流派是新现实主义，它拒绝后现代主义的解构与游戏，拒绝大众文学的消费与娱乐，呼吁回归传统语言与严肃主题。②

一向赞赏新现实主义流派的俄罗斯文学评论者鲁达廖夫指出：“年轻文学是一个特殊的新词，它与当下的时代精神相呼应。它被认为是对‘高超的文学死气沉沉’的一种抗衡，许多人已经厌倦了后者。这个新词逐渐成为代际标志，有时被称为新现实主义。”③ 普斯托娃娅也写道：“有年轻的作家，也有文学的更新，作家们把它带到一条新的道路上。”④ 还有评论家更是将新千年以来的新现实主义的主张与影响扩大至整个文化层面：在 21 世纪第一个 10 年，现实的快速攻击开始瞄准以往所有的象牙塔。对于散文，是“新现实主义”和非小说，对于戏剧，是“新戏剧”，对于电影，是视频艺术，我们能够察觉这些融入了新现实主义元素的发展趋势、术语边界与艺术呈现的模糊性，与此同时，我们可以捕捉到某种共同的载体——“经典模板”和它的衍生物与拟像。就像别林斯基曾在他关于格里鲍耶陀夫的著名文章中写到的那样，“最新的诗歌是现实的诗歌、生活的诗歌”。⑤

---

① Шаргунов С. Отрицание траура. [2022-12-01]. https://magazines.gorky.media/novyi_mi/2001/12/otriczanie-traura.html.

② 详见：Гусев В., Казначеев С. Новый реализм: за и против. М.: Издательство Литературного института им. А. М. Горького, 2007: 166-169.

③ Рудалев А. Новая критика распрямила плечи. [2022-12-01]. https://magazines.gorky.media/continent/2006/128/novaya-kritika-raspryamila-plechi.html.

④ Пустовая В. Пораженцы и преображенцы: о двух актуальных взглядах на реализм. [2022-12-01]. https://magazines.gorky.media/october/2005/5/porazhenczy-i-preobrazhenczy.html.

⑤ 详见：Абдуллаев Е. Поэзия действительности (I). [2022-12-01]. https://magazines.gorky.media/arion/2010/2/poeziya-dejstvitelnosti-i.html.

可以说，这些宣言与评论直截了当地指出，新现实主义是一种批判的力量，其矛头指向了后现代主义。这里提到的新现实主义的到来，或者说对现实主义的回归，从根本上来说，是现实主义与后现代主义的话语争夺。自20世纪90年代以来，后现代主义迅速排挤社会主义现实主义乃至现实主义，进而占据俄罗斯文学进程的主要空间，以传统方式书写现实生活的作家多被排挤到文学进程的边缘。倡导新现实主义的作家们则将书写现实世界与走出文学进程的边缘联系在一起。要做到这一点，作家们迫切需要宣言以及口号，艺术深度和艺术价值被放置在了第二位。这种话语之争持续到了新千年的开始，此时，以现实主义的方式写作的权利终于不再需要被夺回了。[①]

自20世纪六七十年代以来，特别是在八九十年代之交，在俄罗斯文学场域的话语争夺中思潮涌动，对现实主义造成最大冲击的便是“将事情问题化的”后现代主义。那么后现代主义是如何异军突起的呢？学界通常将20世纪六七十年代的三部作品视为后现代主义小说的创作先声，它们是比托夫的《普希金之家》、捷尔茨的《与普希金一起散步》和韦涅季克特·叶罗费耶夫的《从莫斯科到佩图什基》。[②]

后现代主义“对常识性或‘天经地义’的观点提出了质疑（或指出了其中的问题）”[③]，“质疑我们就历史知识的构成所做出的（也许未得到承认的）假设”[④]。这种质疑意味着以批判的态度回访历史，以审

① 详见：Роль критики в современной литературе (Круглый стол на Форуме молодых писателей). [2022-12-01]. https://voplit.ru/article/rol-kritiki-v-sovremennoj-literature-kruglyj-stol-na-forume-molodyh-pisatelej/.

② 其中，《普希金之家》创作于1964—1971年，《与普希金一起散步》创作于1966—1968年，《从莫斯科到佩图什基》创作于1970年。

③ 哈琴．后现代主义诗学：历史·理论·小说．李杨，李锋，译．南京：南京大学出版社，2009：序3.

④ 哈琴．后现代主义诗学：历史·理论·小说．李杨，李锋，译．南京：南京大学出版社，2009：序5.

视的目光重访过去，而非以怀旧的情感回归历史，和过去的艺术与社会展开一场有反讽意味的对话，“以专制的姿态否定专制性，以连贯一致的方式攻击连贯一致性，从本质上挑战本质”[①]，等等。上述三部小说很难被纳入现实主义的美学体系，在出现之初被界定为“异样小说”。它们所质疑的是社会主义现实主义文学和19世纪经典文学，对文学的庸俗化、教条化进行解构，对生活的理想观念和神话观念等进行稀释。维克多·叶罗费耶夫的《和白痴一起生活》和索罗金的《定额》[②]等更是以审视的目光重访过去，甚至是当下，借主人公精神分裂式的语言来揭示现实的虚妄，来冲击看似理性的社会规划。

20世纪90年代，随着俄罗斯社会进入转型时期，蛰伏已久的后现代主义文学得到全面发展。1991年，文论家爱泼斯坦首次在文章中使用“后现代主义”这个词；1992年，文论家库里岑提到“后现代主义已经成为文学进程中唯一鲜活的事实”[③]。可以说，在这一时期，俄罗斯的后现代主义美学理论得以确立。[④]此外，现代主义文学的作家队伍也不断扩大，如新生代的佩列文、沙罗夫、希什金、科罗廖夫等，与此同时，读者所熟悉的现实主义作家也在进行后现代主义的创作探索，如彼得鲁舍夫斯卡娅、哈里托诺夫和托尔斯塔娅等。借用洛特曼的话来说，在20世纪90年代，俄罗斯文坛出现了后现代主义“文化爆炸”的盛况。2001年，托尔斯塔娅创作的《野猫精》从后现代主义机制内部消解了后现代主义，成为终结俄罗斯后现代

---

① 哈琴. 后现代主义诗学：历史·理论·小说. 李杨，李锋，译. 南京：南京大学出版社，2009：27.

② 两者的创作时间分别是1980年和1984年。

③ Курицын В. Постмодернизм: новая первобытная культура. Новый мир, 1992(2): 227.

④ Скоропанова И. Постмодернистская русская литература. М.: Флинта, 2001: 348. 除了上文中提到的两位文论家，在俄罗斯后现代主义美学理论发展中发挥重要作用的还有利波维茨基、伊里英和《俄罗斯后现代主义文学》的作者斯科罗潘诺娃。

主义文学之作。①

1986年，持续关注现实主义、现代主义和后现代主义的美国学者詹姆逊指出，后现代主义“只是在浅表玩弄指符、对立、文本的力和材料等概念，它不再要求关于稳定的真理的老观念，只是玩弄文字表面的游戏”②。他还指出，后现代主义是一种缺乏深度的浅薄的东西，它排斥了思想领域里影响深远的四种深层模式：第一种是有关本质和现象，以及各种思想观念和虚假意识的辩证思维模式；第二种是弗洛伊德的心理分析模式；第三种是存在主义模式及其关于真实性和非真实性、异化与非异化的观念；第四种是索绪尔关于指符和意符两个层次的符号系统。这种根本的浅薄对它自身发展来说也是致命的。③

俄罗斯后现代主义文学创作“对既有价值观进行全方位的重新审视，对占主导地位的宏大叙事进行戏谑式的亵渎”④，在很大程度上反思苏联神话，反思改革时期神话，对社会神话进行解构，与此同时也对民族神话和原始思维有所质疑。此时的文学创作已跨出文学的边界，进入了历史、文化和哲学的领域。不过，正如张建华教授的分析，后现代主义文学创作反叛泛意识形态政治的虚假性和这一意识形态规约下的社会秩序、价值观念以及关于历史、社会、世界、人的种种阐释；然而，它也是把当下视野和人生经验极端化，否认一

① Голубков М. Зачем нужна русская литература. М.: Прометей, 2021: 348.

② 詹明信. 现实主义、现代主义、后现代主义. 行远，译. 文艺研究，1986（3）：129. 国内对该学者的译名早期多使用詹明信，现在多使用詹姆逊，因此本书正文中使用詹姆逊，在引文中使用文献原初的形式。

③ 详见：詹明信. 现实主义、现代主义、后现代主义. 行远，译. 文艺研究，1986（3）：129. 该译文中提到的“指符”和“意符”即当下学术界通用的“能指”和“所指”。

④ Скоропанова И. Постмодернистская русская литература. М.: Флинта, 2001: 392.

切意识形态和知识体系的可靠性和真理性的结果。[①] 戈卢勃科夫教授在《为什么需要俄罗斯文学》中也指出，虽然后现代主义几乎成为20世纪90年代以来社会与文学批评话语中的最强音，但是在其影子之下还有现实主义美学在发展，它们仍旧追问关于历史危机形势中的民族命运等俄罗斯传统现实主义问题，[②] 如普罗哈诺夫的《黑炸药先生》、马卡宁的《高加索的俘虏》《亚山》。2002年的布克奖颁给了执着于现实主义创作的作家帕夫洛夫，其代表作为《卡拉干达九日祭，或末日故事》。可以说，后现代主义与生俱来的质疑能动性和解构力量注定了杂乱性、多样性、终结性是其常态。这便让后现代主义文学在新的混乱无序中"不可能构建任何原有的真切，因此只是运用先前的文化碎片，自我重复，实现对前文化密码的游戏"[③]。1999年，作为后现代主义文学评论家，斯捷帕尼扬观察到，1995年以来，后现代主义几乎成了和民主一样让人恐惧的名词。[④] 王志耕在《当代俄罗斯文学的现实主义叙事》中也提到，后现代主义文学自其产生之初，便同时进入了危机阶段，这是由后现代主义文学自身具有的消解意义的机制决定的。[⑤] 长期追踪现实主义文学发展趋势的评论家、俄罗斯科学院高尔基世界文学研究所的卡兹纳切耶夫认为，被后现代主义排挤到文学场域外围的现实主义经历了重要的蜕变，"现实主义变成了与过去不同的、另外一种新的现实主义。其内部经历了复原、再生的日常过程。在更新、改变外在面貌的同时，现实主义这种世

① 张建华. 新时期俄罗斯小说研究（1985—2015）. 北京：高等教育出版社，2016：203.

② Голубков М. Зачем нужна русская литература. М.: Прометей, 2021.

③ 详见：张建华. 新时期俄罗斯小说研究（1985—2015）. 北京：高等教育出版社，2016：197.

④ Степанян К. Кризис слова на пороге свободы. Знамя, 1999(8): 204-214.

⑤ 详见：王志耕. 当代俄罗斯文学的现实主义叙事. 文学与文化，2021（2）：65-66.

界文化的全球化趋势保留了其内在核心部分”①。换句话说，社会形态的演变会带来艺术策略的变化，但是不会让现实主义艺术传统在艺术策略上发生实质性断裂。②

那么，为什么在20世纪90年代现实主义创作明显式微呢？作家兼评论家帕夫洛夫在《被按停的时间》一文中指出，遵循现实主义创作方式的作家“这一代人的创作生命太短了，因为他们的个人经验、感受等很快就变成了历史……特别是在1990年底，标志性作品都以某种方式进行转向”③。

此外，现实主义小说虽然正在继续被创作出来，但它们与以往的现实主义小说已截然不同。它们“不是关于现代性的故事，而是与同时代人的对话、对生活主要问题的新陈述。它们因受到所属时代的影响而产生，但所看所感已不是风景，也不是生活。这种知识，是一种新的自我意识、一种新的精神体验和状态。所有这种新的理解本身与现实产生了冲突，因为是这种新的理解孵化出了现实的外壳。换句话说，生活突然变得不像现实中的生活了——或者以往是真理的东西，现在被质疑了。这种情况基本上是存在主义层面的问题。这种新的精神体验将现实变成存在，超越现实，进而宣称自己才是更真实的存在”④。

克列斯尼科夫在《捍卫新现实主义》一文中将现实主义在俄罗斯新时期的发展总结为两大浪潮：第一次浪潮出现在以瓦尔拉莫夫、巴甫洛夫、乌特金等作家为代表的20世纪八九十年代；第二次浪潮则出现在以普里列平、先钦、沙尔古诺夫等作家为代表的21世纪第一

① Казначеев С. Новый реализм: очередное возрождение метода. Гуманитарыний вектор, 2011(4): 92.

② 王志耕. 当代俄罗斯文学的现实主义叙事. 文学与文化，2021（2）：67.

③ Павлов О. Остановленное время. [2022-12-01]. https://magazines.gorky.media/continent/2002/113/ostanovlennoe-vremya.html.

④ Павлов О. Остановленное время. [2022-12-01]. https://magazines.gorky.media/continent/2002/113/ostanovlennoe-vremya.html.

个 10 年。[①] 这两次浪潮的作家与上文中邦达连科所归纳的俄罗斯文坛上三个风格不尽相同却都自称属于新现实主义文学流派的文学群体有许多相通之处。[②]

在《拒绝哀悼》中，沙尔古诺夫提到，“新现实主义”不是最合适的术语，但它的出现是文学中的重要转折，是回归对现实的关注、对生活的关注。一方面继承和批判现实主义，另一方面吸收先锋主义手法，后现代主义实践对当下的现实进行回应，这样的现实主义的确可以被称为新现实主义。[③]

正如本书导言中提到的那样，早在 20 世纪 90 年代，有些评论家已经关注到后现代主义文学和现实主义文学的辩证关系，如斯捷帕尼扬的《作为后现代主义终结阶段的现实主义》《逃离梦魇的现实主义》等。他强调，现实主义具有强大的生命力，后现代主义发展的方向是有机而深入地渗透到现实主义诗学传统中。[④]

积极敏锐地捕捉到俄罗斯新现实主义文学发展的，或者说关注与支持其发展的多是年轻评论家，其中特别值得一提的是普斯托娃娅和鲁达廖夫。推动俄罗斯新现实主义文学发展的三大宣言中的两篇——《失败者与变革者》《新现实主义教义第二浪潮》就出自他们之手。前者将对后现代主义的拨乱反正作为新现实主义发展第一个阶段的任务，认为在创作中应避免后现代主义创作中游戏的、刻意互文、讽刺、碎片式的话语；后者将新现实主义看作对社会的改造、

① Колесников Д. В защиту нового реализма. (2010-08-20) [2022-12-01]. http://old.litrossia.ru/2010/34-35/05521.html.

② 详见：Зябрева Г. Еще к вопросу о русском неореализме. Вопросы русской литературы, 2015(2): 180-186.

③ Шаргунов С. Отрицание траура. [2022-12-01]. https://magazines.gorky.media/novyi_mi/2001/12/otriczanie-traura.html.

④ 参见：Степанян К. Реализм как заключительная стадия постмодернизма. Знамя, 1992(9): 231-238; Степанян К. Реализм как спасение от снов. Знамя, 1996(11): 194-200.

对民族因素的强化，批判后现代主义对现代人命运的冷漠，与此同时，指出新现实主义批评是捍卫现代人利益的新生力量。

可以说，普斯托娃娅、鲁达廖夫等青年评论家是与普里列平、先钦与沙尔古诺夫等作家一道积极地践行新现实主义文学理念的。他们在文学活动实践中往往采取自觉的抱团形式，以此来冲击由后现代主义碎片所拼接的个性化的文学地图。评论家古谢夫曾在《取代文学进程的“集团主义”》一文中提到，新时期的俄罗斯文学进程中已经出现了明显的“团体发展”的现象，这在一定程度上模糊了文学进程的发展轨迹。[①] 切尔尼亚克教授也指出了这一点：几乎同时期活跃在文坛上的伊万诺夫、格拉西莫夫、别尼戈先等作家并未被划入新现实主义小说作家之列，在某种程度上是“派系主义”的原因。上述新现实主义作家多是 2001 年参加第一期青年作家论坛的学员。这些作家表明了自己鲜明的立场和归属，同时不断地为自己的文学理念撰写宣言，并且积极参与到新文学的争论之中。从某种程度上来说，这更多的是文学团体存在的一种方式。[②] 我们可以在先钦主编的文集中看到沙尔古诺夫和普里列平等志同道合者的作品，在普里列平主编的文集中亦能找到其他作者的名字。2022 年出版的文集《西伯利亚》的倡议者是科切尔金，主编是沙尔古诺夫和先钦，作者有鲁巴诺夫、阿夫琴科、鲍加特廖娃、塔尔可夫斯基等，这也能让文坛感受到集体发声的力量。[③]

沙尔古诺夫的新现实主义宣言或许恰当地诠释了这种团体创作：虽然新现实主义作家群体非常多样，但是大家都在追求坚定、真诚。

---

① 详见：Гусев В. «Кучкизм» вместо литературного процесса//Гусев В., Казначеев С. Новый реализм: за и против. М.: Издательство Литературного института им. А. М. Горького, 2007: 74-76.

② Черняк М. Актуальная словесность XXI века. М.: Флинта, 2015: 85-92.

③ Шаргунов А., Сенчин Р. Сибирь: счастье за горами. М.: АСТ, 2022.

新现实主义并没有被完全挖掘，它需要更加多元地发展。[①]这种多元集中地呈现现实的方式，在很大程度上适应了经受后现代主义洗礼后的俄罗斯文学读者的阅读诉求，促进了现实主义文学在新时期的发展。

第二节　捍卫文学的现实主义

当社会转型期的俄罗斯文学感受到后现代主义、现实主义还有其他显性、隐性创作思潮下百家争鸣般的文学创作自由而带来的喜悦时，其所不曾遭遇的危机也随之而来，那便是文学社会影响力的弱化、作家社会地位的改变以及购买文学作品的读者的阅读期待等都发生了翻天覆地的变化。换句话说，俄罗斯文化传统的文学中心主义不复存在了。甚至有评论家将社会转型期称为混沌期：21 世纪第一个 10 年（也被称为“00 年代”）这一名称充分表达了最具特色的文化和社会含义——白天混沌，夜里混沌。对于俄罗斯来说，这是罕见的无意义时期；对于俄罗斯文化来说，这往往是解除武装、向邪恶投降的时刻。[②]

那么，俄罗斯文化中的文学中心主义究竟指的是什么呢？自 19 世纪以来，俄罗斯文学以其深度和广度使世界折服。在苏联时期，文学创作者更是被赋予了“人类灵魂的工程师”“生活的导师”等称呼。俄罗斯“大声疾呼派”诗人叶夫图申科曾指出，“诗人在俄罗斯大于诗人”[③]，换言之，俄罗斯文学在俄罗斯远远大于文学。20 世纪初，

① Шаргунов С. Отрицание траура. [2022-12-01]. https://magazines.gorky.media/novyi_mi/2001/12/otriczanie-traura.html.

② 数字 0 意味着无，在字形上也类似椭圆形的混沌。详见：Ермолин Е. Не делится на нуль. [2022-12-01]. https://magazines.gorky.media/continent/2011/150/ne-delitsya-na-nul-2.html.

③ Евтушенко Е. Братьская ГЭС. М.: Советский писатель, 1967: 69.

俄罗斯哲学家弗兰克写道："在俄罗斯，最深刻和最著名的思想和观念……表达在文学形式里。我们在这里看到的是渗透着对生活的深刻哲学理解的文学艺术：除了众所周知的名字，如陀思妥耶夫斯基和托尔斯泰之外，还有普希金、莱蒙托夫、丘特切夫、果戈理。"[①] 文学承载的使命感、责任感使其成为民族文化的精义所在，使其既是哲学又是心理学，还是社会学。俄罗斯文学创作者，特别是俄罗斯文学经典作家，既是思想家、社会学家，又是哲学家。莫斯科大学戈卢勃科夫教授在《为什么需要俄罗斯文学》一书中强调了文学中心主义的积极意义、文学的价值：文学为我们承载了几十年间、几百年间的民族生活的规范，文学形成了关于什么是必须的、什么是可耻的民族价值观，文学塑造着我们对历史事件的看法、对参与历史的人们的评价，文学向我们讲述着人们如何思考自己、在俄罗斯历史空间中的感受如何。[②]

早在 1995 年，著名文学评论家伊万诺娃就提出了自己的担忧：俄罗斯文学曾是"我们的一切"——既是讲台，又是哲学、社会学、心理学，而现在，当文学的这些功能被相应的学科收回时，文学便仅是文学了。[③] 文学评论家别尔克在分析文学话语影响力时指出，在戈尔巴乔夫改革时期，文学的特殊地位便逐渐消失了，文学的预言权力也随之慢慢消解，俄罗斯文化中自黄金时代以来便存在的文学中心主义逐渐隐匿了。[④] 俄罗斯科学院院士康达科夫在《俄罗斯文化历史和理论概述》一书及多次讲座中提到文学中心地位被消解的观点，所有的中心和权威都被消解，多元化的水平体系代替了垂直的

---

① Франк С. Русское мировоззрение. СПб.: Наука, 1996: 151.

② Голубков М. Зачем нужна русская литература. М.: Прометей, 2021: 7.

③ Иванова Н. Триумфаторы, или новые литературные нравы в контексте нового времени. Звезда, 1995(4): 179.

④ Берг М. Литературократия: проблема присвоения и перераспределения власти в литературе. М.: Новое литературное обозрение, 2000: 200.

等级体系，这使得任何小说作品都在社会文化的对话中成为一种可能，带来了一种碎片式的社会生活状态。[①]

在 20 世纪 80 年代后期强大的文化爆炸之后，俄罗斯文学吸纳了过去文学的经验，拒绝了权威主义，争取到了多元。而到了 21 世纪初，文学民主废除了边缘化的概念，俄罗斯文学中出现了多种文学共存的模式。然而，这也导致了对文学传统地位和功能的自相矛盾的矫正——随着其美学可能性的显著扩展，其社会影响力反而在降低。[②]

换句话说，文学中心地位的消解已是后现代主义文学出现之后的不争事实。戈卢勃科夫教授在《为什么需要俄罗斯文学》一书中也对这一事实表示了惋惜：现在的文学已经失去了它最重要的社会心理功能，其中最为重要的是民族世界观的形成、感受和思考的方式。[③]与此同时，文学与政府、文学与政权之间的关系发生了根本的改变，它们之间不再是相互需要的，而是冷淡、陌生化、彻底的漠不关心。[④]俄罗斯著名学者、作家、高尔基文学院院长瓦尔拉莫夫在浙江大学举办的俄罗斯文学启真讲坛"当代俄罗斯文学系列讲座"中以自己的创作现身说法，提到文学进入了前所未有的自由和纯粹状态，文学就是文学，文学仅仅是文学。[⑤]图书市场竞争激烈，图书都需要

① Кондаков И. Культура России: краткий очерк истории и теории. Изд. 3-е. М.: КДУ, 2007: 298-299.

② 详见以下文章或专著，如：Иванова Н. Ускользающая современность. Русская литература XX–XXI веков: от «внекомплектной» к постсоветской, а теперь и всемирной. Вопросы литературы, 2007(3): 30-53; Чупринин С. «Нулевые»: годы компромисса. Знамя, 2009(2): 184-188; Ремизова М. Только текст: постсоветская проза и ее отражение в литературной критике. М.: Совпадение, 2007.

③ Голубков М. Зачем нужна русская литература. М.: Прометей, 2021: 11.

④ Голубков М. Зачем нужна русская литература. М.: Прометей, 2021: 103.

⑤ 2020 年 7 月，瓦尔拉莫夫在该讲座中讲到当代俄罗斯文学现状时，根据自己的创作经验，以及自己接触到的创作圈的朋友们的创作感受时指出，文学回归文学本身是一种必然。

找到自己的读者群体，但是现在的读者是“原子化”的，谁也无法说清自己的读者会是谁，在这种情况下，又该如何呢？文学变成自助式的了，自己读自己的，自己讲述自己的。[①]然而，文学却并不能纯粹地存在，文学进程受到了大众消费文化和图书市场的影响。

俄罗斯文学发展与生活中的其他领域一样，受到市场规则制约。所有出版社几乎每个月都要推出新产品。图书一刻不停地在更替，大多数图书在读者面前停留一星期左右后便让位于其他图书，但其他图书也将遭遇如此的命运。没有一部小说，没有一篇故事来得及进入时代的集体意识中，也没有哪一部作品能成为被从容讨论的对象。通常会有一两篇关于文学作品的推荐文章，然后便是图书销售市场买卖逻辑的竞赛。[②]作家也被卷入这场竞赛之中，完成一部作品之后便需要赶紧去创作下一部作品。正如戈卢勃科夫笼统地统计的那样，俄罗斯每年大致有300多部新小说面世，其中既有资深作家的作品，也有新人的处女作，不过在这些作品中，只有两三部作品真正能被认真阅读并且获得读者回应。[③]读者的认可让出版商看到了商机，迫使作家不得不去思考如何继续创作，迫使他们不断地推出新作品。也正因如此，读者买到手里的是许多不尽如人意的“第二部小说”，此即俄罗斯文论界常说的“第二部小说现象”[④]。

总的说来，传统的“作家—出版人—评论家”的链条系统在当下发生了根本变化。出版人变成了商人，他们所考虑的仅仅是项目、系列、展示度、奖项等，而“作家已不再是生活的导师，他们从有预

---

① Вежлян Е. Литература в поисках читателя: хроника одного ускользания. Новый мир, 2006(3): 149-155.

② 详见：Татаринов А. Пути новейшей русской прозы. М.: Флинта, 2015: 15.

③ Голубков М. Зачем нужна русская литература. М.: Прометей, 2021: 104.

④ 当某位作家的第一本书畅销后，出版社会立刻推出读者期待的第二本书。而这第二本书往往是“定制版”——不是出于灵感，不是出于创作的成熟构思，而仅仅是为了迎合市场一时的狂热需求。有些作家的第二本书会是新创作的作品，而有些作家的第二本书则是以往没有产生反响的作品的再版。

见性的长者变成了一个偶然的角色，并且他们的权威性取决于奖项，取决于文学运气，取决于善变的读者的关注，这些读者倾向于去捧赞一位作家，也会选择快速遗忘一位作家”①。读者群体在灾难性地缩小，并且变得原子化，反映社会美学观点的读者圈的生存越来越艰难。书籍不再被讨论，也不再影响公众舆论方向，阅读不再是体面社会地位的象征，成了私人的事，并且完全不是必须做的事。

读者群体在变化，阅读方式也在变化，这些对文学来说自古有之。然而，文学阅读被消费主义逻辑裹挟，变成浅阅读，这才是令人担忧的事情。程巍和陈众议等学者在研究中外畅销书的传播与接受时曾对浅阅读进行过介绍：浅阅读是一种应对媒介环境的阅读方式；面对知识爆炸所带来的海量信息，人们每天都处于信息的包围之中，这种媒介环境所带来的压力如同旋涡一般，而受众则置身于旋涡的中心；面对信息爆炸给自己带来的焦虑和不安，人们只好不断寻找自救的方法，通过浅阅读的方式获得将自己置于环境之中的安全感，摆脱信息超载所带来的无法掌控的焦虑。②

当下的消费主义是一种价值观念，同时也是一种生活方式。它不断地煽动人们的消费情绪，刺激人们的购买欲望，让人们处于“购买—满足欲望—欲望膨胀—购买升级”的无尽循环之中。文化和文学领域的消费也是如此。正是在消费主义的刺激下，泛媒介时代的传播符号日益快餐化，导致传播内容的能指与所指发生断裂，人们更多地关注信息内容的能指，即传播的声音、图像等，而对这些声音、图像在人们的心理方面所引发的意义却很少关注。③这些在很大程度上消解了理性化的信息传播过程，使媒介环境中的信息越来越偏离

① Голубков М. Зачем нужна русская литература. М.: Прометей, 2021: 103.

② 程巍，陈众议，等. 中外畅销书的传播与接受研究. 北京：中国社会科学出版社，2016：51.

③ 详见：程巍，陈众议，等. 中外畅销书的传播与接受研究. 北京：中国社会科学出版社，2016：57.

内容，而趋向于形式和外在。图书消费亦是如此。作为2016年俄罗斯文坛重要奖项“大书奖”的获得者，作家伊万诺夫清晰地感受到了文学的现状，“书改变世界的现象是不存在的，文学中心主义已经结束了，现在是社会平台中心主义，但是我们发现这是不稳定的，社交平台也在更换”[①]。

与此同时，文学批评发挥起了广告推销和娱乐的功能，总的来说，就是简化为品位评估了。严肃的文学批评充其量是意识形态的批评，即通过相当僵化的意识形态的棱镜观察文学过程，并将作者明确地分为“我们的”和“非我们的”。[②]评论家们在评论时不再是纯客观地进行评价，而是加入了个人的感情色彩，呈现个体的艺术感受。以往评论家所具有的常人不曾拥有的甄别作品优劣的才能不再那么重要了。现在的文学评论出现了分化，甚至是明显的分层。其中一部分专业的评论家与传统评论家相同，在文学期刊或网站上发表文学批评文章，筛选出优秀的作家，剔除掉不优秀的作家；而另一部分则是图书评论和推介者、社交网站博主等[③]，他们的定位是给非专业读者推荐满足多元化浅阅读需求的图书。俄罗斯著名作家、文论家贝科夫曾鼓励专业的评论家在社交平台开设账号，提高显示度，进而应对文论空间、场域的转变。[④]

在俄罗斯，文学批评不仅是文学进程中不可分割、平等的组成

---

① Пульсон Кл., Иванов А. 90-е—незавершенный гештальт. (2016-09-22) [2022-12-01]. https://godliteratury.ru/articles/2016/09/22/aleksey-ivanov-90-e-nezavershennyy-ge.

② 详见：Тимофеев А. О современной органической критике. [2022-12-01]. https://magazines.gorky.media/october/2015/12/o-sovremennoj-organicheskoj-kritike.html.

③ 详见：Зимина Е. Современная русская литературная критика в лицах. О критике и критиках: краткий путеводитель по литературному процессу в современной России. [2022-12-01]. http://project666364.tilda.ws/page2175170.html.

④ 详见：Зимина Е. Современная русская литературная критика в лицах. О критике и критиках: краткий путеводитель по литературному процессу в современной России. [2022-12-01]. http://project666364.tilda.ws/page2175170.html.

部分，还对大众思想运动产生了重大影响，并且它所希望获得的社会地位近似于“现代性哲学。批评文章如同一面镜子，反映了这个时代的痛点、矛盾和节点问题”①。批评家被比喻为连接作家和读者的桥梁，是一个理想中介。《文学问题》杂志中的《轻骑兵》栏目几乎是当代俄罗斯文学评论曲折境遇的缩影。2019 年，该栏目从《新青年》杂志“搬家”到《文学问题》。在栏目“搬家”后的第一期的编者按中，主编杜阿尔多维奇列举了文学环境的恶化：诗歌作品杂志《阿里昂》和文学杂志《十月》已经停刊，俄语布克奖运营告急，俄罗斯文学期刊阵地“期刊大厅”（Журнальный зал）网站也岌岌可危。俄罗斯严肃文学的期刊的生存都处于艰难的黑暗时刻。杜阿尔多维奇还指出，为了给文学批评团队提供一个可发展的空间，他们的战略选择只能是从“文学丝绸之路”上遥远的岗哨《新青年》“搬家”，在《文学问题》上继续发挥轻骑兵的作用，为当代俄罗斯文学站岗值班。在编者按的最后，杜阿尔多维奇指出了文学发展在当下语境所需要的东西，即“文学也需要营销”②。

先钦在《关于叶莲娜·舒宾娜③出品以及为什么大家纷至沓来》一文中指出了当代文学作品出版的困境。先钦是一位在文学圈和读者圈都被归入“新时期文学经典”范畴的作家，他的作品在许多出版社都出版过。在跟出版社打交道的时候，他感受到了不同出版社的尴尬之处，那就是出版先钦的书对出版社来说是装点门面的事情，“出版您的书仅仅是为了让大家知道，我们不仅仅出版犯罪、食谱之类

---

① Филлипова Т. Река времен. Библиотечное дело, 2017(16): 1.

② Дуардович И. Слово редактора рубрики. [2022-12-01]. https://voplit.ru/column-post/novaya-kavaleriya/.

③ 叶莲娜·舒宾娜是俄罗斯著名出版人，是俄罗斯文学研究者、普拉东诺夫专家，也是阿斯特出版社叶莲娜·舒宾娜出品项目的主持人，她所选择出版的书籍受到了俄罗斯国内外的高度认可。

的书籍”[①]。先钦已有多部作品在“叶莲娜·舒宾娜出品”系列中出版，他坦言稿酬不高，但是“对于舒宾娜来说，每本书的出版都是一个事件。当然，它是否能够真正地在文坛上成为一个事件已是另一个问题，但每一本书都被认真对待。社交网络中有公告，出版社员工会大肆宣传，记者们会获得消息，评论家也会去关注……其他的出版社多是安静地出版，安静地把书运到书店，安静地处理掉滞销书籍。阅读需要安静，而出版则需要大声地、愉快地进行，这或许也是‘叶莲娜·舒宾娜出品’的书在浩瀚的阿斯特出版社的出版物中占据小小一隅但地位坚实的成功秘密吧”[②]。

阿斯特出版社推出的叶莲娜·舒宾娜出品项目可以说是俄罗斯文学成功营销的经典案例。叶莲娜·舒宾娜出品坚持将高质量的严肃文学作品推荐给读者，将俄罗斯文学重要奖项的获奖或提名作家的作品囊括其中；同时，这在很大程度上也是一种团体展现，一种试图将碎片化、原子化的读者群体重新凝聚起来的尝试。[③]

正如前文所述，新现实主义文学创作者也往往以团体的形式出现。同时，面对作家与文学评论家的话语权相对弱化的情况，新现实主义作家们频繁地为自己的文学文本撰写序言、组织编写合集，以此来克服文学传统的失语及无法直白地传达教诲意蕴[④]的无奈。普里列平编撰的文集《书虫》，与其说是志同道合者的集体声明，不如

① Сенчин Р. Об издательстве Елены Шубиной и о том, почему туда стремятся. [2022-12-01]. https://voplit.ru/column-post/ob-izdatelstve-eleny-shubinoj-i-o-tom-pochemu-tuda-stremyatsya/?sform%5Bemail%5D=ranyu06%40163.com.

② Сенчин Р. Об издательстве Елены Шубиной и о том, почему туда стремятся. [2022-12-01]. https://voplit.ru/column-post/ob-izdatelstve-eleny-shubinoj-i-o-tom-pochemu-tuda-stremyatsya/?sform%5Bemail%5D=ranyu06%40163.com.

③ Сенчин Р. Об издательстве Елены Шубиной и о том, почему туда стремятся. [2022-12-01]. https://voplit.ru/column-post/ob-izdatelstve-eleny-shubinoj-i-o-tom-pochemu-tuda-stremyatsya/?sform%5Bemail%5D=ranyu06%40163.com.

④ 在一定程度上，普里列平主持节目，先钦及其妻子在不同平台上参加文学活动的实时动态分享，特别是沙尔古诺夫、普里列平等作家的个人网站的建设和运营，都属于此类凝聚力量的尝试。

说是普里列平在勾画同事、知己和敌人，在他看来，这样的多样性对精神有益。在该书中，他对普罗汉诺夫、捷列霍夫、沙尔古诺夫、萨杜拉耶夫、塔尔科夫斯基等作家的创作进行了评论，这不是批评家在评论散文家或诗人，而是相反的，是作家在评论文学批评家，如点评文学批评家邦达连科等。

新现实主义文学的创作群体在图书营销和读者喜好发生很大变化的形势下，坚持关注历史和现实生活，聚焦真实的事件和人物原型，并以剖析自我般的纪录片式的书写或新闻报道式的书写来邀请读者共同参与到对现实的书写，或者说改善现实的书写中。为了捍卫文学，新现实主义文学作家们在不同的媒体平台、语境以不同的团体展现形式亮相。他们虽无法改变文学中心主义大势已去的现状，却在倔强地证实，文学的存在并非可有可无！

第二章

俄罗斯新现实主义小说的核心主题

鲁达廖夫在评论俄罗斯新现实主义小说时强调，寻找“俄罗斯性”，保持“俄罗斯性”是新现实主义小说对文学传统的回归，也是新现实主义小说的价值之所在。“俄罗斯性”在很大层面上代表着俄罗斯新现实主义所追求的对全民族的、全人类的历史和现实的介入姿态。这可以说是传统文学母题在新时期的不同形态的重现，或者，像蒋承勇教授在《十九世纪现实主义文学的现代阐释》中所界定的那样，是“传统文学的同源变体”①。

随着苏联时期现实主义文学中乡村文学、战争文学、道德文学、哲理文学的社会生活与文化语境的逐渐消失，同时也随着文学言说对象的变更，当代苏联文学的四大题材及其审美理念渐次衰退：一路辉煌的乡村文学走向萧条，永恒的二战题材也相继在“战壕真实”“全景叙写”“心理主义”的三个浪潮之后变得无话可说，领衔20世纪七八十年代前期文坛的道德、哲理文学在经历了题材的“突围与泛化”走向多元后，原有的题材、主题特征也销匿了。②特别是

① 参见：蒋承勇. 十九世纪现实主义文学的现代阐释. 北京：中国社会科学出版社，2010：5.

② 详见：张建华，张朝意. 当代外国文学纪事：1980—2000（俄罗斯卷）. 北京：商务印书馆，2016：718-719.

在后现代主义文学互文性和游戏性的冲击下，线性的时间和稳固的空间被打破，读者通过阅读文学作品试图建立平移生活感受的尝试也进而被消解。新现实主义小说则努力恢复文学作品的时间性和空间性，使其重新稳定下来并获得逻辑性。

首先，从时间维度来说，新现实主义文学尝试重建故事时间的有序性和事件的明确因果关系，修复过去与现在的逻辑链条，尝试在对过去的描写与反思中寻找现在甚至是将来的走向痕迹，在书写历史过往的生活日常、填补叙事空白时，重新定义生活的当下常态。

其次，从空间维度来说，乡村和城市这一对地理名词，在俄罗斯文学传统中因承载了诸多的社会文化含义，而成为具有丰富内涵的时空矛盾体。乡村在代表过去的同时，更是代表着对俄罗斯传统的传承，代表着俄罗斯的城市乃至整个国家未来所蕴含的真正精神力量。

对时间性和空间性的恢复是文学的永恒追求，也是新现实主义小说所努力的方向。因此，本章在分析俄罗斯新现实主义小说中的核心主题时，并不是以传统的乡村小说、城市小说、战争小说、集中营小说、哲思小说等主题来划分，而是以时间之维的过去与现在、空间之维的城市与乡村来剖析的。

第一节　时间之维的过去与现在

1841 年，俄罗斯著名文论家别林斯基提到历史与文学及其他艺术形式的关系时指出，“我们的时代主要是历史的时代。历史的观照声势浩大而又不可抗拒地渗透到现代认识的一切领域里去。历史现在仿佛变成了一切生动知识的共同基础和唯一条件：没有它，无论是

要理解艺术或者哲学，都是不可能的”[①]。

俄罗斯文论家雷巴科夫曾说，俄罗斯是唯一一个不可预知历史的国度，而俄罗斯人又热衷于去左右历史的方向。[②]普里列平的小说《萨尼卡》试图解析高尔基的小说《母亲》中的巴维尔在百年之后，即当俄罗斯又走入一个充满变故的时代——21世纪时，将如何去左右国家的走向。《萨尼卡》中洋溢着许多与经典现实主义小说《母亲》相呼应的革命热情，与此同时，小说中设定了自由主义者、保守主义者、理性的民众，他们以谈话或者论辩的形式来思索从过去走到现在的俄罗斯发生了什么变化，在认识俄罗斯的现状时将过去与现在的逻辑链条勾连在一起。用王志耕的话来说，对历史进行回望的目的就是对时间的上升意义的肯定，即历史需要进化，而这种进化应体现在人对完美心灵状态的复归与认同。[③]

小说主人公萨尼卡在参加了青年人任性捣乱的游行之后，来找比自己大6岁的哲学教授别斯列托夫。别斯列托夫的另外一个身份是萨尼卡父亲生前的弟子。两人坦诚地争论如何对待当下的生活现状。血气方刚的青年人萨尼卡对自己参加游行颇为自豪，并声称他和朋友们的行动是替民众发声，表达不满。他从母亲经常上夜班家庭却依然拮据的境遇等深刻感受到俄罗斯普通民众的生活现状：“工作就是耕地或者——在工厂、医院，还有学校……他们是对的。但如今从事这类工作的人——在大多数情况下——都是一些不太得志的、为生活所迫的人。”[④]萨尼卡以青年人常有的易怒情绪对生活进行了控诉。别斯列托夫则以冷静来观察和记录：俄罗斯人已经失去了俄

① 别林斯基．别林斯基选集（第三卷）．满涛，译．上海：上海译文出版社，1980：380.

② 参见：Рыбаков В. Резьба по идеалу. СПб.: Лимбус пресс, 2018: 7-9.

③ 详见：王志耕．当代俄罗斯文学的现实主义叙事．文学与文化，2021（2）：65-73.

④ 普里列平．萨尼卡．王宗琥，张建华，译．北京：人民文学出版社，2008：36.

罗斯性，它只是作为精神力量还存在于某些具体的人身上。[①]充满生机的文化是俄罗斯精神最主要的，而且也是唯一的内容；精神几乎已经不存在于任何地方了——只存在于一些具体的载体中，比如画家、作家等人的身上；人民已经不再是精神的载体了，他们已经一无所能。[②]别斯列托夫认为自己的使命便是记录下“自己的精神世界”[③]。两人在当下的生活中深切地感受到，在过去的时间维度里形成的俄罗斯性已渐渐消解，无论是愤怒地去表达，还是冷静地记录，他们都见证着时代的变迁。

小说中还设计了萨尼卡与其他人物的政治立场交锋。萨尼卡在完成一次艰巨任务之后负伤住进了医院，遇到了关注他们青年激进团体“创联党”的青年人廖瓦，两人开诚布公地讨论青年人的时代担当。廖瓦以理性的民众身份对萨尼卡表达了他所观察到的：“很长时间我一直支持你们。那时候你们和‘左派’、‘右派’都保持着距离，既不亲近爱国派，也不亲近自由派。我觉得，你们的到来是为了建立一片新的土壤，以取代旧的、失去繁衍能力、失去了一切的土壤。”[④]“但最近我开始觉得，你们有蜕变的倾向……你们无论如何也摆脱不掉一些无益的陈腐思想，即整个罗斯的历史——从瓦西里三世或者伊万雷帝开始一直到布尔什维克——除了流血与混乱什么也带不来。”[⑤]俄罗斯一千年的历史带来了很多有助于理解这个世界的东西，而有助于生活在这个世界上的东西太少。俄罗斯历史的怪圈，“首先是血腥的严冬，然后是解冻后的脆弱，然后是混乱，然后又是血腥的严冬……如此周而复始”[⑥]。

---

① 普里列平. 萨尼卡. 王宗琥，张建华，译. 北京：人民文学出版社，2008：70.
② 普里列平. 萨尼卡. 王宗琥，张建华，译. 北京：人民文学出版社，2008：71.
③ 普里列平. 萨尼卡. 王宗琥，张建华，译. 北京：人民文学出版社，2008：71.
④ 普里列平. 萨尼卡. 王宗琥，张建华，译. 北京：人民文学出版社，2008：187.
⑤ 普里列平. 萨尼卡. 王宗琥，张建华，译. 北京：人民文学出版社，2008：188.
⑥ 普里列平. 萨尼卡. 王宗琥，张建华，译. 北京：人民文学出版社，2008：188.

廖瓦建议他们不要学习斯拉夫派，也不要学习西方派，不需要任何舶来的东西，历史的走向“只不过是一些刽子手从另外一些刽子手手中抢走了俄罗斯”[①]。萨尼卡无法接受廖瓦对他们黑帮倾向的界定，但他对廖瓦的问题又无法进行理性的回答，他只得再次拿出青年人的任性来回答。“这个问题不重要——谁会给我留条活路，”萨尼卡有点恼了，“我愿意在任何政权下生活，只要这个政权能保证国家的领土完整和人口的持续增长。”“我生活的地方不是真正的俄罗斯。我想找回真正的俄罗斯，它被别人抢走了。”[②]

在青年一代热血与冷静的聊天中，他们关注的时间是当下，而参照的维度仍旧是过去，仍旧是历史。詹姆逊曾提到，如果从现实主义去寻求历史，那么我们将面临的是如何利用过去，如何了解历史本身的问题，结果必然要求我们从此时此刻的现在介入。[③]斯拉夫尼科娃在其长篇小说《2017》中以1917年十月革命这一历史事件为直接思考现在的角度，以百年之后军事历史俱乐部大检阅的巡游来展开历史上的这一事件，“节日——这是每个人都想跟所有其他人一样的一个时间”[④]：

> 白军军官先生们的方阵走得很有气势……每个白军军官好像在横队里被重现成多个，让人觉得他的力量在以几何级数增长；进行曲被奏到了极限的高度，几乎成了某种忧伤的、绝望的喊叫，但是无法压住行进者们已经连成一体的靴子踏在条石路面上发出的敲击一样的声音。军官队伍的前头有一面黑色的天鹅绒旗帜迎风飘扬，上面狭长的头骨

---

① 普里列平. 萨尼卡. 王宗琥，张建华，译. 北京：人民文学出版社，2008：190.

② 普里列平. 萨尼卡. 王宗琥，张建华，译. 北京：人民文学出版社，2008：190.

③ 詹姆逊. 现实主义的二律背反. 王逢振，高海青，王丽亚，译. 北京：中国人民大学出版社，2020：5.

④ 斯拉夫尼科娃. 2017. 余人，张俊翔，译. 南京：译林出版社，2011：290.

图形好像在微笑，而两根交叉的金色骨头如同乌云中的两道闪电穿射而出。一行接着一行，一列跟着一列，白卫军占据了广场，广场在他们脚下颤抖；一个军官连的队列行进过去了，接着又是一个连，它由一名毛发剃得光光的上校引领着，他的姿势看上去向后仰得太厉害，好像整个面朝天了，接下来的方阵，可以猜到是第三个连，军鼓敲得都发出了干裂之声。

忽然，从宇航员大街的最后边，似乎是从衣着颜色斑驳的大众之中，传来了另一种音乐，那是一种东西被撕裂的声音。“为了苏维埃政权……我们要一起死去，就像一个人一样……”随风传来一段古老的合唱的录音，不知为什么它让人这样认为：所有唱这首歌的人确实都已经死掉了。节日的人群从无轨电车车道那里“哗”地向后退去，摊点的麻布帐篷抖动着，就像舞台上两幕之间换布景时那样。在让开的车道那里出现了红军战士。他们的队伍和白军军官的比起来显得凌乱，他们迈步的时候，双腿把身上穿的那沉重得像是湿透了的大衣的长长的前下摆朝两边掀开。红军战士们与其说是在行进，不如说是往前蜂拥，在尖顶的盔形呢帽下面，他们那颧骨高大的脸都发白了，远远看上去像是握紧的拳头。似乎这整个一大群阴郁的人是从无尽的冷雨下走出来，来到白天灿烂的阳光下的；在队伍的每个横排上方举着透明的红色标语，它们老是粘连到一起，鼓起一个个水泡，仿佛巨大的布料做的丁香花。在队伍的左前方，一个化装成政委的个头不高的人以最大力量跺脚迈步，好像打字机在敲字一样，他穿着肥大的马裤，如同一只黄凤蝶；因为步幅很小，他看上去就像蝴蝶扑打着翅膀悬在空中，如同他是腿抬在空中、由革命的元素推着后背往前走

的……[①]

斯拉夫尼科娃将巡游的进展设计得一如国内战争：有流血，有冲突，人群混乱且四处散去。这样的场景对于小说的主人公来说并不是节日的狂欢，而更像是一场灾难。首先，小说男主人公钻石加工师克雷洛夫与女主人公塔尼娅都是努力追求做自己的人，他们不想被其他人的生活节奏所左右，众人狂欢的节日对他们来说更是避之不及；其次，他们约定在巡游的场地——复活广场见面，而这场有序的巡游演变成的无序冲突打乱了两人的见面计划。与此同时，这场巡游更是冲断了两人的联系链条，使他们浪漫却脆弱的爱情遭受了重创。[②]换句话说，两人之间的爱情游戏受到了改变百年历史走向的"历史游戏"的冲击。

此外，斯拉夫尼科娃将这一巡游表演界定为消费景观，还细致地描写了巡游之前复活广场的场景："从地铁里出来的市民们分流到成排成排的商铺里，商铺顶篷的帆布轻轻摆动着、拍打着，似乎这是漂泊不定的茨冈人的大篷车；在这些帐篷里面，一堆一堆的套娃挤在一起，在粉红色的、黄色的亚麻布一般的黄昏中，它们看上去像是成堆的热带水果，瞧，那里还有很多圣母带着小宝宝的模型，有的是用电池的，有的是直接插电源的，它们发出电光，而金色的光环一闪一闪的，就像是小型螺旋桨推进器。卖珠宝首饰的货摊前生意最红火……"[③]克雷洛夫在他与塔尼娅约定的地方——列宁雕像的台阶上静观这一切，并且带着他宝石加工师的专业眼光，冷静地看着人们的痴迷样，特别是他一眼就能看出许多珠宝首饰都是假的，

---

① 斯拉夫尼科娃. 2017. 余人，张俊翔，译. 南京：译林出版社，2011：296-297.

② 这里需要稍做解释，克雷洛夫与塔尼娅是在送别出征去寻找宝石的教授后在火车站台认识的，两人互有好感，却彼此隐瞒了真实姓名，以伊万和塔尼娅相称，两人的约定是各自拿着一张地图，每次碰面时在地图上随意选择下一次约会的地点，直到双方中的任意一方对此疲倦便结束两人的关系。

③ 斯拉夫尼科娃. 2017. 余人，张俊翔，译. 南京：译林出版社，2011：293.

对此他更是报之以冷笑。然而，塔尼娅刚出现在人群中便被挤散了，于是他疯狂地从列宁雕像的台阶上挤出去，试图拯救专属他们自己的虚拟世界。斯拉夫尼科娃在谈及这部小说的创作时曾提到，想通过这部小说探讨十月革命过去百年后，我们和社会都发生了什么变化，同时，对 1917 年的记忆会引发对未解决问题的再次关注。①

无独有偶，在十月革命百年之际的 2017 年，俄罗斯著名文艺杂志《各民族友谊》推出了调查活动，邀请文学家、社会学家等参与到百年前的虚拟场景中，来思考“1917 年你在哪里？”等一系列问题。②具体问题有：你将会赞同谁的观点？你将如何扭转局势？你认为俄罗斯该往何处去？你现在的世界观是怎么样的？不管大家的回答如何，没有谁会否认 1917 年与 2017 年、与当下的联系，同时也没有谁会否认当年的历史走向改变了现有生活的许多方面。

在新现实主义小说中，除了修复过去与现在的逻辑链条，作家在书写当下时也会自觉或不自觉地思考过去的生活日常，讲述过去的历史空白。作家菲利片科的小说《红十字》讲述了主人公“我”在女儿三个月大的时候来到明斯克，计划重新开始自己生活的故事。“我”的房子买在了 91 岁高龄的老太太——塔吉亚娜·阿列克谢耶夫娜的对门。当“我”看到墙上很多乱七八糟的红色十字标识时，心生疑惑。对门老太太跟“我”解释她患有阿尔茨海默病，只能靠这些标识找到回家的路。这样的红十字标识便将“我”拉入了老太太的过去：30 年来，她一直在等关于丈夫死亡原因的官方文件，同时也想

---

① 在 2007 年的访谈中，斯拉夫尼科娃还提到，俄罗斯的生活是建立在石油管道稳定的基础之上的，而这种稳定是不真实的。同时，1917 年对俄罗斯来说是绕不过的一年，她觉得可以想象，2017 年俄罗斯国内会有各种研讨会、各种游行、各种活动来纪念、回顾这重要的历史时刻，也必定会有人穿上红军、白军的衣服在广场上走来走去。详见：Бондарева А. «Честно следовать своей природе»: интервью с Ольгой Славниковой. [2022-12-01]. http://chitaem-vmeste.ru/zvyozdy/interviews/chestno-sledovat-svoej-prirode-int.

② 参见：https://magazines.gorky.media/druzhba/2017/10?ysclid=lv3b2k1tda37986851.

知道一位战士的命运。[①]

原来，在战争期间，老太太由于工作的缘故无意中看到了一份战俘名单。巧合的是，她在一个名叫维亚切斯拉夫·维克多罗维奇·帕夫金的名字之后发现了自己丈夫的名字！老太太在后来寄给帕夫金的信中坦白了自己不为人知的秘密：

> 当时我真不知道该怎么办，如果不删除丈夫的名字，我一定会被逮捕。"人民公敌之妻"——您，当然，也记得这些话。我能够接触到秘密文件，我为女儿担心……读完文件，我决定从罗马尼亚战俘的名单中删除丈夫的名字。我便重复了您的姓名。我不认识您，也不知道您有没有孩子和家庭，但是这样一来，我的举动让您和您的亲人遭受了双重打击。为了救自己和自己的丈夫，我却陷害了您……[②]

老太太直到 1999 年 12 月 31 日才收到回信，找到了这位被她重复写上名字的士兵，并且得知他还活着。受到良心谴责的老太太终于释怀。再后来，这位老太太便平静地辞世了。

伯林在《现实感：观念及其历史研究》一书中曾思考历史和现实的关系，他写道：可以说，历史是人与人以及人与环境之间关系的记录；因此，历史的真实也将是政治思想和行动的真实。[③] 作家的思绪或明或暗，总是不时地回到不久之前的那段历史，为以往事件做出总结，将之记入历史，并反思历史。此外，作家们会通过现实来解读历史，通过历史来反映现实。《红十字》小说不仅为迷茫青年的生活提供了厚重的历史维度，让"我"感受到活着的不易，与此同时，

---

① Филипенко С. Красный крест. М.: Время, 2018: 210.

② Филипенко С. Красный крест. М.: Время, 2018: 212-213.

③ 参见：伯林. 现实感：观念及其历史研究. 潘荣荣，林茂，译. 南京：译林出版社，2004：31.

还用历史和过去的这样一条链条，使“我”开始顺藤摸瓜地去思索人在历史旋涡之中该何去何从，人在历史旋涡中为何会有不同的走向。这样一段富有戏剧性且不太被人讲起的人生剧本在《红十字》这部小说里被呈现了出来。小说主人公“我”忍不住去询问了帕夫金，为什么塔吉亚娜的丈夫仍旧被枪决了，而他保住了性命。[①]“我”得到了“善良是护身符”的答案。这样的答案朴实却又意蕴深远。

斯捷潘诺娃出版于2017年的小说《记忆记忆》是其从小便构思书写的“家族历史”，她试图以家庭为单位来对过去进行记录。不过，家族史经常让斯捷潘诺娃陷入历史观层面的尴尬境地。她在小说中文版序中写道：“我的家族史上那些最关键的坐标点全部散落于地图上如此偏僻的角落，以至于常人绝无可能无心路过或专程造访。”[②]这在很大程度上提示我们，斯捷潘诺娃所要讲述的是历史上不太被人讲起的人生剧本。在这部富有哲思的小说中，斯捷潘诺娃以散文式的思辨语言为其家族在过去之维上的历史轨迹进行书写，借此思考当下：

> 我侥幸成了整个家族中第一个，也是唯一一个有机会向外界发声的人——不再是家庭内部的私密交谈和体己话儿，而是面向集体经验的火车站台。他们中的所有人，活着的或死去的，都不曾被人注目，生活没有赐予他们任何留下痕迹、被人记忆、置身于聚光灯下的机遇，平凡无奇使他们无法引起普罗大众的兴趣——这一切，在我看来，都是不公平的……
>
> 耐人寻味的是，祖父母辈的很大一部分努力恰恰是为了避免引人注目，为了变成透明人，隐身于家庭琐碎之

① Филипенко С. Красный крест. М.: Время, 2018: 216.

② 斯捷潘诺娃. 记忆记忆. 李春雨，译. 北京：中信出版社，2020：中文版序 1.

中，与充满宏大叙事、动辄数百万人口误差的大历史保持距离……

年轻气盛时，这曾经令我窘迫不堪……我不得不承认：我的族人没有付出足够的努力，好让我们的历史为人所津津乐道。①

总的说来，几乎每个人都有和历史沾边的亲戚，而我的族人却集体靠边站。他们中间没有一个人打过仗，没有一个人受过镇压……没有一个人在德军占领区生活过，没有一个人遭遇过世纪大屠杀。唯一的例外是外祖父的姨妈薇拉，她年仅二十岁的儿子廖吉克死在了列宁格勒前线。……

他们当中没有任何名人，甚至没有一个人属于所谓的“艺术军团”。他们当中有很多医生和工程师，有建筑师……还有会计和图书管理员。这是一种波澜不惊的生活，远离时代的风车矩阵。②

有些人
不是作为实体
存在于世间，
而是作为
不相干的斑点
附着于实体表面。

……似乎，我正是这样看待我的亲人们那脆弱而菲薄的生命的，它们就像带斑点的鸟蛋，轻轻一按便会碎裂。至于他们曾经展现出的生命力，只让他们更加脆弱。较之于

① 斯捷潘诺娃．记忆记忆．李春雨，译．北京：中信出版社，2020：20.
② 斯捷潘诺娃．记忆记忆．李春雨，译．北京：中信出版社，2020：22.

> 那些在历史舞台上牢牢站稳脚跟的人物，那些仅仅拥有相册和新年明信片的过客似乎注定被遗忘。就连我自己都快记不得了。在未知的、含混的、被掩盖的一切中间，我曾经对于自我家族的以下几点确信不疑：
>
> 我们家族中没有人在革命和国内战争中牺牲。
>
> 没有人遭受镇压。
>
> 没有人死于屠犹。
>
> 没有人被杀。
>
> 亦没有杀人者。[①]

《记忆记忆》的作者非常坦诚地说出了自己对家族史的历史观期待：小时候的她非常失望于家族成员的“庸常”职业：医生、工程师、会计、图书管理员……无一例外，全部是普普通通、平凡无奇，任何快活或者冒险的气息都无从期待。[②] 在找寻家族与历史洪流交汇的例证过程中，斯捷潘诺娃逐渐察觉，恰恰是平凡才让整个家族安然无恙地度过历史风云激荡变幻的岁月。

格里什科维茨的小说则提供了另一种时间之维，如小说《宁静》[③]呈现了主人公季马放慢生活节奏的尝试。一个夏天，生意人季马将妻子、女儿送去度假，将儿子送到国际夏令营练习英语，为自己则设定了在城里家中完成业务的计划。不过，季马关于自己的计划却发生了改变。他发觉炎炎夏日在人们的日常思维里都是“出行度假”的时间，留下工作的人几乎都是被迫而为之，尽是疲惫不堪且心情不好的人。季马的夏日计划就这样鬼使神差地发生了改变。他躺在

① 斯捷潘诺娃. 记忆记忆. 李春雨，译. 北京：中信出版社，2020：289-290.

② 斯捷潘诺娃. 记忆记忆. 李春雨，译. 北京：中信出版社，2020：339.

③ Гришковец Е. Спокойствие. [2022-12-01]. https://magazines.gorky.media/znamia/2005/1/spokojstvie.html.

沙发上看电视，吃不健康的香肠三明治，甚至不再打电话给朋友们。在这种平静生活的第三天，他开始失去了对时间的感知，一觉能睡到日上三竿。当冰箱里的食物都吃完时，他才不情愿地走出家门去购物。就这样日子一天天过去了，直到八月底，家人们陆续要回来了，朋友们也开始时不时拨通他家的电话。我们在与主人公一同感受时间慢慢变模糊的过程中，也一起在思考，行动是否都是有意义的？静止所带来的是否都是我们所追求的宁静？季马在机场等待妻儿，在飞机延误的三个小时里，他突然意识到，这么长时间的宁静状态是多么难得且幸福的事情。在格里什科维茨的小说中，主人公虽然在行动，但是他选择的是与大城市的节奏截然相反的行动——静止，这几乎意味着自我消失、不存在。朋友们在电话里询问他去哪里度假了，因为此前没有电话交流，他们全都以为他不在城里。

正如经历过后现代主义洗礼的人们，他们向过去回归时总会与过去保持一定的距离，并且以批判的态度使过去面对现在或者使现在面对过去，去洞察过去经历中有价值的东西。[①] 在时间的维度和链条中，俄罗斯新现实主义作家在与过去保持距离的同时，发现了历史的空白点，现在的生活之下隐藏着被遗忘的，甚至是荒诞的过去，并借此写作行为来思考国民性、社会性，孜孜不倦地在民族思想之中探寻国家命运之门的钥匙。即便是面对相同的过去，不同作家笔下的思考和探寻都是不同的甚至是矛盾的。就像索尔仁尼琴和沙拉莫夫一样，他们在书写中对待劳改营历史的态度截然相反。“索尔仁尼琴认为，劳改营让他得以展望内心自由和道德复兴，而沙拉莫夫则把它们看作道德沦丧、幽闭恐怖的‘深坑’。”[②] 但他们都强调写作行为的重要性，在书写中思考民族未来，探索国家之去向。

---

① 详见：哈琴. 后现代主义诗学：历史·理论·小说. 李杨，李锋，译. 南京：南京大学出版社，2009：54-55.

② 凯利. 俄罗斯文学. 马睿，译. 南京：译林出版社，2019：104.

在现在的维度中，俄罗斯新现实主义作家们发现了时间的厚重，时间的层叠感和交叉性使得当下的生活变得丰富，变得复杂。可以说，俄罗斯新现实主义文学在时间之维上深耕细作，不断突破艺术和生活之间的界限，进而让现实更加多元。

第二节　空间之维的城市与乡村

别尔嘉耶夫曾如此定位俄罗斯，认为这是无限自由、精神悠远的国家，是漫游者、流浪者和探索者的国家。[①]“漫游者”自1790年拉吉舍夫的小说《从彼得堡到莫斯科旅行记》开始便为人们透过俄罗斯文学认知自己的国家提供了空间之维。漫游者以彼得堡到莫斯科沿途驿站见闻记录当时的生活，特别是农奴制度下农奴们的悲惨、凄凉境遇。拉吉舍夫如此解释创作缘由：“我举目四顾，人们的苦难刺痛了我的心。我扪心自思，我发现，人们所遭受的不幸原是人们自己所造成，而且往往只是由于人们未能正视周围的事物。”[②]这种流行于18世纪欧洲的旅行记体裁在俄罗斯文学中与关切现实自然地联系在了一起。拉吉舍夫借空间的转换来丰富现实呈现的视角，这种空间之维在俄罗斯经典文学作品中也多有体现。

普希金的诗体长篇小说《叶甫盖尼·奥涅金》的主人公奥涅金从彼得堡上流社会觥筹交错的应酬中抽身来到伯父所在的乡下继承大宗遗产。这种空间活动的转移，在很大程度上是19世纪20年代在城市虚度年华的青年认知乡村、认知俄国的尝试，同时也是他们试

---

① 别尔嘉耶夫.俄罗斯的命运.汪剑钊，译.昆明：云南人民出版社，1999：11-13.

② 拉吉舍夫.从彼得堡到莫斯科旅行记.汤毓强，吴育群，张均欧，译.北京：外国文学出版社，1982：2.该作品共25章，除第一章以“启程”命名外，其余章的标题均取自沿途所经驿站的名称。这既凸显了旅行记的真实性，同时，由此也可以看出作者拉吉舍夫对空间之维的重视。

图找到自己用武之地的探访。[①] 普希金对乡村的关注在第二章的题词中也可见一斑："啊，乡村！啊，罗斯！"[②] 这部小说之所以被别林斯基赞誉为"俄罗斯生活的百科全书"，也是因为小说中不仅有俄国当时的首都彼得堡、莫斯科等城市的生活场景，还有对乡村的描写。小说以主人公在城市和乡村空间之维的反复徘徊来探讨当时的社会问题，如贵族阶层中的多余人群体，又如贵族知识分子脱离人民的问题，等等，进而表现俄国"初醒的社会意识"[③]。

果戈理 1842 年的史诗小说《死魂灵》中，乞乞科夫乘坐四轮轻便马车来到省城 N 市，并拜访不同的农奴主，去商量购买死农奴的事宜。这部被称为俄国批判现实主义文学的奠基之作的经典作品也以空间之维呈现了俄国，并且比普希金更进一步地走近了庄园农奴主的生活，揭示了乡村的现实。从某种程度上来说，帕斯捷尔纳克出版于 1957 年的《日瓦戈医生》借主要人物从都城莫斯科转移到乡村瓦雷金诺，从俄国的西部转移到最东部等空间转移活动，也如 19 世纪俄国经典文学作品一样从空间之维上呈现了 20 世纪激荡变幻的历史岁月。

1963 年，索尔仁尼琴发表在《新世界》的《马特辽娜的家》从自身经历和接触的乡村居民出发，再次思考了乡村对国家意味着什么。主人公在乡村找到了支撑城市存在、支撑整个国家存在的正直。小说的结尾这样写道："我们大家就生活在她的身边，却没能理解，其实她就是一个圣徒，民间谚语常说，没有这样的圣徒就不会有乡村。

---

① 第二章第三节中描写了奥涅金伯父按部就班的庄园地主的生活。第四节中曾描写奥涅金试图在乡下进行改革，如"取消了往日沉重的劳役，把它们改为较轻的地租；农奴们都为好运而欢呼"，而邻居地主们则认为他是一个"十分危险的怪人"。详见：普希金. 叶甫盖尼·奥涅金. 丁鲁，译. 南京：译林出版社，1996：43-44.

② 普希金. 叶甫盖尼·奥涅金. 丁鲁，译. 南京：译林出版社，1996：41.

③ 李明滨. 世界文学简史. 2 版. 北京：北京大学出版社，2007：126.

就不会有城市。就不会有我们整个地球。”[①] 这再次开启了俄罗斯文学聚焦乡村空间的乡土小说创作高潮。

上文中曾提到普里列平在小说《萨尼卡》中设置了人物对话来讨论国家的过去与现在，同时，作家也在空间的维度上让主人公萨尼卡从城市走到乡村，走向了爷爷奶奶仍坚守的乡村。与上述作品不一样的地方在于，21 世纪初的乡村不再是俄国最后的神圣地，它已被普里列平下了判决书——无数生命的死亡发生在乡村。小说中，当萨尼卡来到爷爷奶奶家时，奶奶迎上来，“头几天我还念叨，萨尼卡怎么还不来？……爷爷快要死了，而萨尼卡还不知道”[②]。奶奶在聊天中，细数了她死去的三个儿子——萨尼卡的父亲和两个叔叔。奶奶的大儿子喝醉酒骑摩托撞死了，二儿子死于酒后斗殴，三儿子是家里最有文化的人，在大学教书，但也爱喝酒，最后发展到酗酒无度。“奶奶不知不觉间改变了话题，但主要意思只有一个：所有的人都死了，以后什么都没有了。”[③] 奶奶讲了村子里的一些事情：绰号“霍姆特”的男人身体很壮，前一年夏天上吊死了；绰号“政委”的离异男子什么事都不做，只是靠在篱笆墙上看着来来往往的村民，靠老母亲的退休金过活，他没有上吊，但是母亲去世不久他也死了；隔壁女邻居的两个儿子也是骑摩托撞死的。爷爷在病床上对萨尼卡说：“我们这里的男人都死光了。我是最后一个。所有人都是我眼看着长大的，都死完了，埋完了……不管是自家的还是别人家的。”[④]

在克柳恰廖娃 2007 年创作的《天堂一年》[⑤] 中，在莫斯科生活工作的主人公“我”于 5 月 9 日胜利日的时候来到斯摩棱斯克的一个

① 索尔仁尼琴.索尔仁尼琴读本.张建华，译.北京：人民文学出版社，2012：183.
② 普里列平.萨尼卡.王宗琥，张建华，译.北京：人民文学出版社，2008：32.
③ 普里列平.萨尼卡.王宗琥，张建华，译.北京：人民文学出版社，2008：34.
④ 普里列平.萨尼卡.王宗琥，张建华，译.北京：人民文学出版社，2008：47.
⑤ Ключарева Н. Один год в Раю. [2022-12-01]. https://magazines.gorky.media/novyi_mi/2007/11/odin-god-v-rayu.html?ysclid=lxs9orog9s967956917.

乡村——天堂村。比起萨尼卡爷爷奶奶的村庄，天堂村更是萧条冷清，这里只有一对老姐妹托玛和柳霞，她们在夏天的时候从城里回来消夏。除此之外，还有一只不愿意跟主人去城里的猫。不过在一定程度上，这也印证了萨尼卡爷爷对村庄的判言："我们这里的男人都死光了。"[①]身为男性的"我"之所以来到天堂村，一方面是出于在胜利日对爷爷的悼念，另一方面，也是更为重要的原因，在莫斯科的"我"已厌倦日复一日的城市工作和生活，试图来乡村找到自己生活的动力。

"我"稀里糊涂买下的是乡村最为普通的房子，而在这座房子里悬挂着俄罗斯地图。这一细节既是吸引"我"的地方，同时也是将乡村与俄罗斯连在一起的象征符号。或许，这一象征符号在小说中设置的方式相对笨拙，但此处的宏大叙事的色彩却打动了许多读者。有评论家指出，《天堂一年》在具体组织故事方面显得有些儿戏，但却选择了严肃的主题，在文坛受到了众多关注，这在很大程度上也是"社会转向"的必然。[②]

"空间不是叙事的外部，而是一种内在的力量，它从内部决定叙事的发展。"[③]"天堂村"这一命名可以说不是偶然，作家在呈现21世纪的乡村萧条的同时，更是在呈现21世纪俄罗斯人的乡村空间情结，关于乡村的空间经验、空间记忆与空间想象，同时也杂糅了"意识、个体无意识与集体无意识在内的心理机制与能量在文学地理空间上的投射、凝聚与动力转化"[④]。早在20世纪初至20世纪30年代，俄罗斯新农民诗人便展现了与城市不同的乡村，在他们对世界发生

① 普里列平.萨尼卡.王宗琥，张建华，译.北京：人民文学出版社，2008：47.

② 详见：Рудалёв А., Беляков С. Хождение в народ: за и против. [2022-12-01]. https://magazines. gorky.media/october/2008/4/hozhdenie-v-narod-za-i-protiv.html.

③ 董晓烨.文学空间与空间叙事理论.外国文学，2012（2）：119.

④ 梅新林，葛永海.文学地理学原理（上卷）.北京：中国社会科学出版社，2017：447.

不可思议变化的期待中，显示着“人间天国”的理念：乡村便是天国，农民是知晓天国之路的人，而天国是与农民的农舍结合在一起的。[①]

先钦的小说《叶尔特舍夫一家》则再次聚焦乡村，将有着乡村根基的城市人赶回乡村。该小说讲述了20世纪末的动荡年代中，在西伯利亚小城生活的普通职工家庭被迫迁居到乡村的过程。男主人公尼古拉·米哈伊洛维奇·叶尔特舍夫是一名年近50岁的普通警察，在市中心醒酒所当管理员。他的妻子瓦莲京娜·维克托罗夫娜在市中心图书馆工作。尼古拉在一次值班中因犯下了虐待酗酒闹事者的罪行，被剥夺了公职，同时也被剥夺了苏联时期分发的住房。于是，瓦莲京娜不得不提前离职，与丈夫和儿子一起离开小城，投奔偏远乡下年迈的姨妈。

小说回顾了20世纪六七十年代乡村人进入城市、定居城市的场景。尼古拉随父母在20世纪70年代搬到城里，瓦莲京娜在1965年离开村庄来到城里的师范学校学习，毕业后便在图书馆工作。她在这个城市里生活了32年，早已视其为自己的故乡。尼古拉和瓦莲京娜，以及两个儿子的四口之家住着公家分的两居室的单元房。此外，他们还在市里购置了一个顶部浇筑水泥、带炉子、地下室和检修坑的很棒的车库。[②] 在发生失职事件之前，叶尔特舍夫一家过着节奏舒缓的城里人生活。可以说，先钦在小说中为叶尔特舍夫一家构建的城市生活的安全感、舒适感与住房和车库这两大重要空间联系在一起。叶尔特舍夫一家与城市割裂联系的过程也正是一步步与这些空间脱离的过程。

尼古拉失职事件发生后，一家人的公房立即被收回。原本平静的城市家庭生活被打破，此时，“周围的一切——行人、信号灯、

---

① 俄罗斯科学院高尔基世界文学研究所. 俄罗斯白银时代文学史（第4册）. 谷羽，王亚民，等译. 兰州：敦煌文艺出版社，2006：260-261.

② 先钦. 叶尔特舍夫一家. 张俊翔，译. 哈尔滨：黑龙江大学出版社，2014：2.

汽车、房屋——仿佛都怀有敌意……不再亲近，反而显得格格不入……井井有条的生活、工作、房子——一切都变成了假象。把它们拿走，人就变得赤裸裸，毫无用处，被扔到生活的边缘”[①]。

当一家人搬家去乡下时，“车厢被各种曾经塞在两居室里的东西装得满满当当”[②]。虽然乡下的小房子十分拥挤，但尼古拉还是将昂贵的玻璃柜和“三星”牌电视机搬进了屋子，“所有东西都堆在一起，连坐的地方都没有”，连大儿子阿尔乔姆的床都没法搬进屋子。磁带、唱片、各种纸张、书、早就坏掉的相机盒子、音乐播放器……所有这些都是他们在城市生活中日常使用的物品，更是他们曾拥有城市空间的见证，也代表了他们试图在乡间小屋重建城市空间感的执念。然而，所有这些在乡下都成了多余的物件，“能够稍微让如今的生活变得轻松一些的东西却不够”[③]。

车库是尼古拉在城里的最后牵挂，对他来说，回到车库里就跟回到了家一样，然而，“以过客的身份出现在那里实在是难过”[④]。卖掉车库对尼古拉来说是一件非常可怕的事情，这等于是切断了他与城市之间的最后一丝联系。但是，在生活的重压之下，他无计可施，只能把车库卖掉。小说在此处还给我们留了一个空间移动转化的话题，那就是卖车库，为的是有资金在乡下重新盖房子。

20 世纪六七十年代的父辈一代平静地接受城市生活的场景在儿辈这一代已经很难再现。大儿子阿尔乔姆在这座城市出生长大，但是他在这儿并没有归属感，“他对这座城市不太熟悉，可又有什么好

---

① Северная Н. Все серьезно, даже больше (О романе Сенчина «Елтышевы»). (2014-09-07)[2022-12-01]. https://www.topos.ru/article/literaturnaya-kritika/vse-serezno-dazhe-bolshe-o-romane-senchina-eltyshevy.

② 先钦. 叶尔特舍夫一家. 张俊翔，译. 哈尔滨：黑龙江大学出版社，2014：28.

③ 先钦. 叶尔特舍夫一家. 张俊翔，译. 哈尔滨：黑龙江大学出版社，2014：44.

④ 先钦. 叶尔特舍夫一家. 张俊翔，译. 哈尔滨：黑龙江大学出版社，2014：67.

熟悉的呢"[①]。城市对于阿尔乔姆而言只是单调的四五层楼建筑，而在城市之中他也仅仅是毫不起眼的存在。他"穿梭于招聘单位之间，无力地向人事部门解释，他会干什么，为何在之前的工作岗位上干的时间都不长"[②]，"人们从旁边经过，谁也不会留意他"[③]。阿尔乔姆甚至觉得自己"永远都不会拥有真正意义上的朋友和姑娘"[④]。而叶尔特舍夫的小儿子杰尼斯则因年少张狂走上了黑道，被关进了监狱，这在一定程度上也说明了杰尼斯与城市空间格格不入。

叶尔特舍夫一家选择在穆拉诺沃这个小村子定居实属迫于生计的下下策。当瓦莲京娜提议搬到乡下去时，尼古拉蹙起了额头；听到"农舍"这个词时，阿尔乔姆甚至差点哼出声来。即便是如此消极的乡村生活想象，在乡村生活的残酷真实面前都是过于美好的。叶尔特舍夫一家对乡村生活感到十分不适应，经常会遇到各种各样的麻烦，"在楼房里过日子几乎觉察不到的事情到了这里就会演变成严重甚至无法解决的难题"[⑤]。一家人甚至都没有像样的地方上厕所和洗澡，但最麻烦的还是用水问题。屋子里没有自来水，用水必须去马路对面接。"水压不大，水流非常小，接满一桶水得花差不多七分钟。天冷的时候，这可不是一件舒服的事……水拎回家后倒进二十升的水箱，再从里面舀水洗漱、清洁碗碟"[⑥]，每次为了接满一水箱的水，阿尔乔姆都得花上近半小时。洗碗则是又一整套复杂的程序。就这样，乡村空间对叶尔特舍夫一家来说全是煎熬与考验，而他们一家只有被动地应对。乡村的俱乐部像仓库，村办也像仓库，而姨妈的农舍在他们看来像墓穴。特别是在冬天，"大家会在这个墓穴似

① 先钦. 叶尔特舍夫一家. 张俊翔，译. 哈尔滨：黑龙江大学出版社，2014：38.
② 先钦. 叶尔特舍夫一家. 张俊翔，译. 哈尔滨：黑龙江大学出版社，2014：38.
③ 先钦. 叶尔特舍夫一家. 张俊翔，译. 哈尔滨：黑龙江大学出版社，2014：40.
④ 先钦. 叶尔特舍夫一家. 张俊翔，译. 哈尔滨：黑龙江大学出版社，2014：40.
⑤ 先钦. 叶尔特舍夫一家. 张俊翔，译. 哈尔滨：黑龙江大学出版社，2014：42.
⑥ 先钦. 叶尔特舍夫一家. 张俊翔，译. 哈尔滨：黑龙江大学出版社，2014：42.

的小屋子里相互撕咬，一命呜呼——拥挤导致争吵，激化了愤懑的情绪”①。

这些经历并不代表着他们对乡村没有空间感受、空间幻想或者空间期待。阿尔乔姆曾幻想：“那里只有一座小房子，装了很多窗户，阳光穿过它们射进去，院子宽敞，气息宜人，还有一条非常适合傍晚垂钓的小河。”②然而，阿尔乔姆所看到的和感受到的乡村则是黑暗的、破败的，“这里曾经就是一个洞穴，还有一个暗无天日的洞底，黑得如同这个屋子的横梁”③。搬完家的第二天他就迫不及待地想要回到城市，逃离这个“黑色的坑穴”。尼古拉同样也对这间农舍充满了恐惧，“姨妈这间农舍每次都会让他觉得可怕。怕在里面过冬，怕夏天有太多的事要干，只有那样来年冬天才能有个相对舒服的居住环境”④。对于农舍这样的空间，尼古拉也努力将地板和天花板缝隙用布条塞起来，做好防寒准备。不过他不相信，也不愿相信，“现在他们全家得住在这里，住在这个墙框歪斜的房子里，或许，他和妻子以后就得从这里被抬到墓地去”⑤。他“发疯地想要冲出去，一逃了事，躲到一个安全的地方”⑥。

在俄罗斯文化中，农舍与“生命”“美好”“良知”“故乡”等概念相关联。房舍不仅是一个共同的住所，也代表了一种精神存在方式，体现了房子里的居民、一个家庭的成员所遵循的那些道德和伦理价值。尼古拉总是空想着如何建房子，“建造一座宽敞的新楼房，二楼单独留出一个房间给自己，用来休息”⑦，“一幢宽大的十字形木

① 先钦.叶尔特舍夫一家.张俊翔，译.哈尔滨：黑龙江大学出版社，2014：65.
② 先钦.叶尔特舍夫一家.张俊翔，译.哈尔滨：黑龙江大学出版社，2014：41.
③ 先钦.叶尔特舍夫一家.张俊翔，译.哈尔滨：黑龙江大学出版社，2014：41.
④ 先钦.叶尔特舍夫一家.张俊翔，译.哈尔滨：黑龙江大学出版社，2014：27.
⑤ 先钦.叶尔特舍夫一家.张俊翔，译.哈尔滨：黑龙江大学出版社，2014：28.
⑥ 先钦.叶尔特舍夫一家.张俊翔，译.哈尔滨：黑龙江大学出版社，2014：32.
⑦ 先钦.叶尔特舍夫一家.张俊翔，译.哈尔滨：黑龙江大学出版社，2014：32.

房子，白铁屋顶被太阳照得暖洋洋的……我们不用石棉瓦铺顶，现在铁的质量挺好，可以用在瓦片下面”[①]。在乡村里，尼古拉诸事不顺，只有建房子的意念能够让他感到生活的意义，“他沉浸在设想中，真挚而鲜明，也故意要用这些设想提升自己的情绪”[②]。

> 尼古拉开始挑选盖房子的地块。确实，想要选定并非易事——尽管塔尼娅姨妈的宅院有十七公亩，但院子很小，周围都是建筑：劈柴棚、煤棚、洗澡间、顶上连着干草房的牲口棚、夏天用的厨房。后面还有茅房、夏天用的露天鸡圈。所有的东西都挤在一起。当然，之所以挨得近，也是为了寒冬时节可以迅速从屋里跑到洗澡间或者煤棚。可是，房子和车库能塞到哪里呢？[③]

> 该建个车库才是。什么都该建。所有东西都该弄新的、结实的、暖和的。喏，就在这儿，新房子的左边，盖个车库，紧挨着，比方说，一出厨房就能到车子跟前。最好搞个锅炉，用固定在墙上的暖气片取暖，实在是大有益处……[④]

叶尔特舍夫一家以城市居住空间的感受来打量乡村农舍的空间，并且试图将乡村农舍的空间改造成容纳城市气息的空间——特别是城里人想象中的房子和车库。在这里，传统的一切都挨在一起的空间布局被否定，乡村、农舍、农民与自然都不分主次，这种世界观和价值观也被否定了，城市中偏向人的舒适度的价值观推动着尼古拉把劈柴棚和牲口棚拆了，半年的时间，他只是挖了个长宽各十米

① 先钦.叶尔特舍夫一家.张俊翔，译.哈尔滨：黑龙江大学出版社，2014：91.
② 先钦.叶尔特舍夫一家.张俊翔，译.哈尔滨：黑龙江大学出版社，2014：150.
③ 先钦.叶尔特舍夫一家.张俊翔，译.哈尔滨：黑龙江大学出版社，2014：74.
④ 先钦.叶尔特舍夫一家.张俊翔，译.哈尔滨：黑龙江大学出版社，2014：150.

的地窖的土坑。而这个土坑就跟被挖开的墓穴一样，黑黑的，比较吓人。他觉得自己就像是一个破坏分子，一来就把院子折腾成了这样。[①] 在很大程度上，他们一家人“处于两种文化的边缘，参与文化之间的相互作用，但不属于任何一方”[②]。

只有把房子建好，叶尔特舍夫一家才能真正开始在乡村的生活，建立与乡村的精神纽带，在这里找回生命的归属感。然而，叶尔特舍夫一家人所梦想的有水暖、二楼有书房的宽敞的楼房，直到家人一个个离世也未能建成，甚至可以说是停在了第一步。又是一年春天，在五月底，尼古拉开始一门心思地盖房子。“浇筑好了地基，买了五个立方米的方木，用他自己做的木头吊梁搭起了五根。未来的大房子已经初具轮廓。”[③] 在描写未能完工的房子时，我们看到，地基是一个塌陷的黑色深坑，准备建木屋的横梁则是三根弯曲的木头，剩下的只有一堆腐烂的木板，“最初（两年前开始的）搭的墙框上面那根方木白得就像大腿似的；炉子还在台阶旁边立着，但已经蒙上了一层铁锈；而那堆木板正在慢慢地朽成碎屑……全完了……最后的避难所”[④]。木屋未能建成，它逐渐破败，颓圮，这也预示着叶尔特舍夫一家最终的悲惨结局。

可以说，俄罗斯新现实主义文学作品在空间上的建构吸收了俄罗斯文化传统中的城市与乡村之维，能让读者体验到真实的城市空间和乡村空间，并在这些空间里与小说人物一起感受真切的生活艰辛，卷入日常生活真实的空间之中。与此同时，这些小说保有苏联时期拉斯普京等创作的乡土小说的基调，用道德来评判空间，展现

① 先钦.叶尔特舍夫一家.张俊翔，译.哈尔滨：黑龙江大学出版社，2014：138.

② Пономарева Т. Маргинальный герой в прозе Р. Сенчина. Литературоведение, журналистика, 2017, 22(2): 274.

③ 先钦.叶尔特舍夫一家.张俊翔，译.哈尔滨：黑龙江大学出版社，2014：200.

④ 先钦.叶尔特舍夫一家.张俊翔，译.哈尔滨：黑龙江大学出版社，2014：241.

城市空间的不友好。“从本质上来讲，乡土派代表的是一种抗议心理，反对新时代带来的疏远感，反对社会发展的不人道方面。”[①]但是，从一定程度上来说，俄罗斯新现实主义小说中的城市和乡村都成了被审视、被批判的空间，乡村失去了往昔的淳朴乡情、包容友爱，小说主人公试图在乡村找到童年的美好回忆或当下的避风港，却往往以失败或者死亡而告终，小说中的主要人物会再次离开乡村。[②]

换句话说，“恋地情结”被消耗殆尽，乡村的脐带已经无法拴住漂泊在城市中的人们。而社会转型之后的俄罗斯，每个人所面临的问题——身份的不稳定更是加剧了这种漂泊。小说呈现的城市人身份极其不稳定、极易被剔除，他们所在的城市甚至被处理成概念上的城市，仅仅是人物求学、就业时的场所。俄罗斯新现实主义小说提出了现实命题：空间上的安全感不复存在，无论是在城市，还是在乡村。小说的主人公们对空间上的安全感的寻找往往以失败而告终，他们寻找的尝试也往往被宣告为毫无意义。这在很大程度上或许是俄罗斯新现实主义小说对当下空间之维的新式忧虑与思考。

---

① Померанц Г. Долгая дорога истории. Знамя, 1991(11): 181.

② 史崇文，季明举. 俄罗斯当代农村小说的乡土情结. 中国社会科学报，2022-06-27(7).

第三章
俄罗斯新现实主义小说的人物塑造

俄罗斯当代著名学者苏黑赫在界定什么是现实主义时强调“典型化的原则”，即现实主义专注于现实，旨在创造一个符合历史主义标准（典型环境）的现实图景，无论是在再现外在的物质世界（细节的准确性）方面，还是在人的心理方面（典型性格）。现实主义专注通常的“正常”感知：一切就像生活中一样。[①] 现实主义作为对现实的客观呈现，往往会从日常事件、人际关系与人物的混沌之中找到最普遍的、经常反复的、组成事件和人物的最常见的特征和事实。现实主义作家则倾向于合成，将具有一般意义的现象、同一时代所有人都具有的特征总结为一个单一的、整体性的事物。这个单一的、整体性的事物具有典型性，对于我们来说，它除了具有审美层面的和谐与美之外，还具有无可争议的历史文献价值。

现实主义将作为社会关系总和的人视为思维中心和结构中心，把人物描写、个性刻画与具体的社会环境结合起来，由此深刻揭示人的本质。[②] 通过对现实情境中的人物及其社会关系的整体揭示，现

① 详见：Сухих И. Русская литература для всех. Классное чтение! (От Блока до Бродского). СПб.: Лениздат, Команда А, 2013: 80-81.

② 《西方文学理论》编写组. 西方文学理论. 2 版. 北京：高等教育出版社，2018：288.

实主义真实地反映了我们所生存的社会的现实。现实主义致力于创造典型，深入人的社会关系，去提炼社会发展甚至整个人类发展的方向，进而表现出人物与现实的丰富多样性中那些持久的东西。因此典型可以深刻反映客观现实及其之间的联系。①

现实主义拥有无比丰富的表现的可能性，有着像生活本身那样取之不尽的创作方法。现实主义的艺术之所以能够那么广泛而丰满地反映人类动态的生活，反映伟大的历史性的战役与伴随着社会进步而来的变革，是因为它的首要特点与特色在过去和现在都是社会分析，正是社会分析使得描写典型环境中的典型性格和真实地再现生活成为可能。典型化的原则对现实主义创作方法来说是关键性的，而且同它的认识作用方面是密不可分的。②

这也是为什么 19 世纪的俄国文学使读者和评论界习惯于通过文学主人公的形象来认识自我和揭示现实的意义。大家都将作者塑造的主人公形象视为衡量作品重要性的标准，根据主人公的活动范围和典型性来判断作家的重要性。③又如布莱希特所坚持的那样，现实主义写作不是形式问题，一切有碍于我们揭示社会因果关系根源的形式都必须抛弃，一切有助于我们揭示社会因果关系根源的形式都必须拿来。他认为现实主义是对待物质世界和社会机制的态度和积极的、好奇的、实验的精神。④

俄罗斯新现实主义文学继承了典型人物塑造这一传统，努力塑造典型人物，进而揭示社会因果关系根源，延续现实主义文学的社

---

① 参见：《西方文学理论》编写组. 西方文学理论. 2 版. 北京：高等教育出版社，2018：289.

② 苏契科夫. 关于现实主义的争论. 胡越，译//加洛蒂. 论无边的现实主义. 2 版. 吴岳添，译. 天津：百花文艺出版社，2008：245-246.

③ 俄罗斯科学院高尔基世界文学研究所. 俄罗斯白银时代文学史（第 1 册）. 谷羽，王亚民，等译. 兰州：敦煌文艺出版社，2006：144.

④ 详见：布莱希特. 关于表现主义的争论//卢卡契，布莱希特，等. 表现主义论争. 张黎，编选. 上海：华东师范大学出版社，1992：283.

会分析。在塑造典型人物方面，新现实主义文学选取了传统现实主义文学所擅长的女性形象塑造角度，透视新时期女性的特征，如实地勾勒了社会转型之后的俄罗斯女性。与此同时，传统现实主义文学善于通过代际冲突、代际交流来勾画历史的切面，新现实主义文学也不例外，特别是聚焦父与子代际身份中的子辈。

第一节　务实且坚韧的新式女性

别尔嘉耶夫曾说，如果日耳曼是男人的民族，俄罗斯只能是女人的民族。[①]俄国哲学家巴枯宁也曾说，如果我们俄罗斯人在贫乏的生活环境中还有什么可以夸耀的，那就只能是俄罗斯女性了。洛特曼在分析俄罗斯文化时也关注到了文学中的女性形象。他指出，在 18 世纪至 19 世纪前半期，长诗和小说中的许多女性角色深入人心，这些经典女性形象成了少女们的理想模式，同时这些女性形象也进入了现实中的女性生活。[②]徐稚芳在《俄罗斯文学中的女性》一书中也写道："从普希金开始，在 19 世纪以及往后 20 世纪的俄国文学中出现了一系列优美的妇女形象，在俄国称之为'俄罗斯妇女的画廊'。"[③]例如，普希金《叶甫盖尼·奥涅金》中的塔吉亚娜、屠格涅夫《贵族之家》中的丽莎、托尔斯泰《战争与和平》中的娜塔莎等。俄罗斯小说中的新式女性形象与理想化身、命运的试金石以及精神世界的支柱等联系在一起。

---

① 张建华在为《娜塔莎之舞：俄罗斯文化史》所写的导读中提到，英国学者费吉斯以"娜塔莎之舞"来解读俄罗斯文学，可以说是抓住了俄罗斯文化的关键形象，由此揭开俄罗斯文化认同和身份认同的创伤。详见：张建华. 导读//费吉斯. 娜塔莎之舞：俄罗斯文化史. 郭丹杰，曾小楚，译. 成都：四川人民出版社，2018：导读Ⅳ.

② 详见：Лотман Ю. Беседы о русской культуре: быт и традиции русского дворянства (18-начало 19 века). СПб.: Искусство, 2001: 65.

③ 徐稚芳. 俄罗斯文学中的女性. 北京：北京大学出版社，1995：前言 2.

在20世纪八九十年代，后现代主义作家们倾心于解构传统俄罗斯文学中所特有的高雅和优美，让女性成为某种具有破坏力量的邪恶象征。特别具有代表性的是托尔斯泰娅，她在作品中不断地消解俄罗斯文学中关于女性的定型思维。[①]那么在俄罗斯新现实主义小说中，女性形象又是怎样的呢？她们是否还是理想的化身，是否还是命运的试金石，是否还是精神世界的支柱呢？小说中对女性形象的勾画是在审美层面上的探索，还是充满了对现实世界的诉求呢？

在新现实主义作家先钦颇有分量的长篇小说《叶尔特舍夫一家》中，瓦莲京娜在其青春年华时遇上了年轻的中士叶尔特舍夫，并且过上了安稳的城市生活。在其活了半个世纪的时候，小儿子因为打架而锒铛入狱，丈夫因为工作上的重大失误而被迫提前退休，原来公家分配的房子也就此被收回了。这一切都发生在她已生活了32年的城市里，在她已把它当作故乡的时候，在"女人的美好时光差不多都过去了，前面只剩下变老"[②]的时候。瓦莲京娜因为丈夫的失误被一起驱逐出城市，而丈夫却只是蜷缩在沙发上看电视，时不时冲她咆哮几句。大儿子虽已25岁，却智力不全，既没有工作也难以独立生活。所有的生活重担都落到了瓦莲京娜的身上。

这样一位在艰难变故中支撑着家庭的女性，在小说中却极少能找到关于她外貌的描写，仅有的描写还是来自丈夫疑惑不解的视角。当叶尔特舍夫还是醒酒所管理员时，一天夜里值班，他看到上夜班的女医生搭档，马上想起了自己的老婆——也是胖胖的，脸上也是一副僵硬、阴沉的表情，以前那么漂亮的一个姑娘、那个让自己无法移开视线的小姑娘不见了，身边冒出来一个习以为常、不可或缺

---

① 详见：陈方. 俄罗斯文学的"第二性". 北京：北京语言大学出版社，2015：205.

② 先钦. 叶尔特舍夫一家. 张俊翔，译. 哈尔滨：黑龙江大学出版社，2014：16.

但自己又毫无兴趣的家伙——老婆。[①]

一起同甘共苦的爱人，在叶尔特舍夫的眼里却从小姑娘变成了肥胖的老太婆，而在他的思绪里甚至与他“恶心”的搭档一起出现：这个女医生是个胖乎乎、阴沉沉的大婶，一张脸就跟男人似的。[②]叶尔特舍夫幻想着这位女同事突然得了某种皮肤病，疱疹、炎症、脓疮……他瞥见医生的大脸和胖手就觉得恶心，觉得她的丈夫真可怜。[③]

为何为了生活不停奔波的女性，却在男性的凝视中变成了容颜不堪的女性？这在很大程度上可以用叶尔特舍夫被生活摧残之后久而久之生出的愤懑来解释：被杂物、长大的儿子和发胖的老婆所吞噬的房间令他愤懑；一成不变、致人愚化的工作令他愤懑——无论怎么努力，收入依旧微薄；街上的豪华轿车和华丽橱窗、人行道上形形色色的人潮令他愤懑。[④]这也是为什么，当一家人来到乡村后，瓦莲京娜不断地想办法让生活维持下去，而叶尔特舍夫却失手杀死了一个又一个生命。

愤懑的源头是一向老老实实做人、履行自己责任的叶尔特舍夫本以为会收获体面的升职、平稳的生活，而社会却进入了“靠着嗓子和拳头，就着白兰地便能开创事业、做生意”[⑤]的时期。在“繁难、忙乱而又充满转折”的几年光阴中，“他在观察，权衡，估量，不相信生活的进程会被完全打乱，并且有机会超越许多人”，只是他“没答应承担通向成功的风险，如今他已不再拥有接近胜利者的权利了”。[⑥]

---

① 先钦. 叶尔特舍夫一家. 张俊翔，译. 哈尔滨：黑龙江大学出版社，2014：11.

② 先钦. 叶尔特舍夫一家. 张俊翔，译. 哈尔滨：黑龙江大学出版社，2014：8.

③ 先钦. 叶尔特舍夫一家. 张俊翔，译. 哈尔滨：黑龙江大学出版社，2014：8，11.

④ 先钦. 叶尔特舍夫一家. 张俊翔，译. 哈尔滨：黑龙江大学出版社，2014：3.

⑤ 先钦. 叶尔特舍夫一家. 张俊翔，译. 哈尔滨：黑龙江大学出版社，2014：3.

⑥ 先钦. 叶尔特舍夫一家. 张俊翔，译. 哈尔滨：黑龙江大学出版社，2014：2-3.

叶尔特舍夫拒绝了转型时的暴力规则，同时也错过了铤而走险的机会，这让他自责不已，久而久之转变为他无法释怀的“委屈”。

瓦莲京娜并不美，虽然她在年轻时也是曼妙女子。在搬去乡村前，瓦莲京娜安于在市中心图书馆的工作，在生活中坦然面对各种变数。当家里遭遇巨大变故时，她强忍着恐惧，打断丈夫的妥协念头，让他找条出路：“尼古拉，坐下。我们来拿个主意……开个家庭会议。”① 日常生活在瓦莲京娜的身上留下的是等待安宁老年的小心翼翼。而在乡村生活的挣扎中，身为叶尔特舍夫一家的精神支柱，她却在一次次挫折之后选择了酗酒。瓦莲京娜在小儿子的刑期只剩下六个半月时去探亲，小说在这里仍旧没有肖像描写，却通过小儿子之口，说出了瓦莲京娜的容貌：“你喝酒啊，妈？”“脸、声音……常喝酒的人看得出来。”② 在很大程度上，瓦莲京娜的中年女性形象更为可信，而她从丈夫眼中的“胖”到儿子眼中的“醉”，是普通女性在生活泥淖中挣扎的痕迹。

与瓦莲京娜相似的人物是普里列平的长篇小说《萨尼卡》中主人公萨尼卡的母亲。在小说中也很难找到一个描写萨尼卡母亲外貌的片段，小说借萨尼卡的视角从侧面拼凑出这位无奈的中年女性形象。

萨尼卡参加莫斯科的集会游行时，母亲打电话给他试图确认，“妈妈的声音在电话里显得绝望而难过”③。萨尼卡去乡村避过风头之后回到家，看到了上夜班的母亲留的字条，“妈妈写的字没有加标点，这让萨沙更加清晰地感到妈妈难过的语气”④。母亲在家里接待创联党成员时，“笑容里暗含着恐惧和不满”⑤。母亲的声音与语气无不透露出身为家里精神支柱的她的无助与无奈。

---

① 先钦. 叶尔特舍夫一家. 张俊翔，译. 哈尔滨：黑龙江大学出版社，2014：23.
② 先钦. 叶尔特舍夫一家. 张俊翔，译. 哈尔滨：黑龙江大学出版社，2014：216.
③ 普里列平. 萨尼卡. 王宗琥，张建华，译. 北京：人民文学出版社，2008：24.
④ 普里列平. 萨尼卡. 王宗琥，张建华，译. 北京：人民文学出版社，2008：54.
⑤ 普里列平. 萨尼卡. 王宗琥，张建华，译. 北京：人民文学出版社，2008：209.

母亲尽自己所能去上班，支撑起父亲离世后的家。而儿子萨尼卡与叶尔特舍夫家小儿子相似，年轻气盛，却并没有去工作，也没有读书，而是加入变革现实、呼唤“革命”的愤激少年组成的创联党。他同一大批同病相怜的年轻人一道投身于变革现实的“革命”洪流中：集会游行，抢砸商店，袭击宪警，甚至去占领省府大楼。母亲并不是感受不到社会中的不公与黑白颠倒的存在[①]，但是她却有着自己的坚持：“好儿子，他们干坏事是一回事，而你要干坏事又是另一回事。”[②]不过她根本无力改变现状，她期望安宁生活的小心翼翼也将无果而终。

从外貌上来看，这些女性不再符合人们传统思维模式中的女性美，无人关心她们的容颜，也无人将美与家人、母亲联系在一起。小说中充满了男性凝视的视角，她们仅仅是被观看、被品头论足的对象。这些女性也不再具备传统母亲的温文尔雅，而是长相普通、陷入中年困境的疲惫的母亲。并且，母亲身上崇高的光环和对孩子们的影响力也荡然无存。她们仅仅是平凡的女性，在经历了生活的重重辛酸，承载了命运中的种种变数和灾难之后，丧失的不仅是温文尔雅的气质，还有她们在老年安宁生活被剥夺之后的隐忍。

在新现实主义小说中，还有一类女性，她们的隐忍逐渐成为小说的主要情节——那便是置身国外的俄罗斯女性。在俄罗斯文学作品中，离开祖国、寄居他国的女性很少被着墨描写。屠格涅夫笔下的阿霞[③]可以算是此类女性形象中较为知名的。阿霞是贵族男性加宁的父亲与佣人塔吉亚娜的私生女，这一非常特殊的身份让她的性格成了纯洁与任性的矛盾体：“自尊心在她的心里过分地发展……她要

① 从母亲与萨尼卡的对话中可以看到，母亲明白那些穿制服的人来家里乱搜是非常不妥的。详见：普里列平．萨尼卡．王宗琥，张建华，译．北京：人民文学出版社，2008：211.

② 普里列平．萨尼卡．王宗琥，张建华，译．北京：人民文学出版社，2008：212.

③ 在屠格涅夫的中篇小说《阿霞》中，曼妙少女阿霞与哥哥加宁旅居德国。

使全世界的人都忘记她的出身，她因为她的母亲而感觉羞惭，同时她也因为她自己会有这种念头而感到羞惭，于是她骄傲自己有这样的一位母亲了。”①

在旅居德国时，少女阿霞因为小说中“我”的出现而情窦初开，她甚至为了这份初恋，内心无法平静，给“我”写信，还向哥哥坦白了一切，让哥哥带她离开。“她自己要离开这里，她还写信给你，同时又责备她自己做了一件不谨慎的事。”②

阿霞旅居国外的经历仅仅作为与“我”相识的空间背景，阿霞的性格以及她所关注的体现的便是她的真性情，这些其实与旅居没有太大关系。我们作为读者也感受不到阿霞旅居时的异域生活境遇，感受更多的反而是在这样的距离之下清晰的斯拉夫人的民族性格。就像加宁所说的，“我们这种该死的斯拉夫人的懒散总是占上风。当你梦想工作的时候，你像鹰似的飞翔：你好像有移动天地的力量——可是一旦动手做起来，你立刻就变得软弱，疲乏了”③。阿霞这种矛盾的性格和举止在很大程度上是对俄罗斯人性格的诠释。

在当代俄罗斯新现实主义小说中，旅居国外的女性往往是抛开家室，远走他国④，或者试图在他国追逐自己梦想的人。如沃尔科娃

① 屠格涅夫. 初恋——屠格涅夫中短篇小说精选. 李永云，等译. 北京：华文出版社，1995：189. 虽然加宁的父亲在辞世前将阿霞带在身边，对其宠爱有加，然而阿霞先前是跟母亲在乡下生活的，所受到的教育都是非贵族的。在父亲去世后，加宁虽然答应照顾她，但是20岁的贵族少爷如何照顾13岁的矛盾女孩是一个问题，加之阿霞的身份是对社会的明显挑衅，因而在阿霞17岁的时候，她已无法在寄宿学校里待下去，于是加宁决定辞职带她旅居国外。

② 屠格涅夫. 初恋——屠格涅夫中短篇小说精选. 李永云，等译. 北京：华文出版社，1995：204.

③ 屠格涅夫. 初恋——屠格涅夫中短篇小说精选. 李永云，等译. 北京：华文出版社，1995：174.

④ 如古茨科的《无迹寻踪》中，男主人公米佳因为没有将苏联旧身份证及时更换为俄罗斯证件，而无法获得俄罗斯公民身份，其妻子在等待无果的情况下，跟一名来俄罗斯交流的德国学者去了德国。在瓦尔拉莫夫的《傻瓜》中，杰茨金曾去德国寻找未婚妻。

的《叶莲娜的泪珠》中，女主人公叶莲娜离开圣彼得堡侨居纽约，她对纽约有着炽热的都市情结，幻想着在曼哈顿街区有自己的立足之处，就连她的电话铃声都是弗兰克·辛纳屈的歌声“纽约啊，纽约”[①]。蜗居在曼哈顿，在邮政所的工作与她的语文系研究生身份不相称，而她却乐此不疲地追逐着自己的舞台梦想。

小说中的“我”跟叶莲娜是大学同学，也可以称得上是她的前男友。叶莲娜4年前以工作签证去美国之后，两人的联系便不再密切。“我”得知叶莲娜通过偶然的机会拿到了绿卡，但“我”一直在思索“她变成美国人了吗？”“我知道了，她没变，没变成美国人。她成了另外一个人。”[②] 有一次，“我”来到纽约和她相聚时，她刚好得知百老汇在为音乐剧《芝加哥》招募B、C角色，既需要参与合唱又需要跳舞。叶莲娜用心地准备着，“为这舞台上的11分钟，我情愿付出一切”[③]。“我”虽然不能理解她的这种执着，但还是为她打气，因为在“我”看来她是才华横溢、各种社交场合的灵魂人物，况且她还曾在马林斯基剧院工作过一年。而叶莲娜则为自己非科班出身而感到担忧。此外，她在面试的时候，总是能碰到许多同胞：现场排队面试的每两个人中就有一个是俄罗斯人。叶莲娜第一次面试，听到他们练声时，她明白了，她敬佩他们，并感慨道美国有的是人才。“我”陪她面试的时候也深刻地感受到这一点，虽然“我”仍无法理解叶莲娜的都市狂热情结。

叶莲娜在和“我”见面时，送了“我”一件特殊的礼物——显微镜。“我”看到了奇妙的晶体，这是叶莲娜的眼泪。如此现实地追逐

① 沃尔科娃. 叶莲娜的泪珠. 荣洁，译//麦列霍夫，等. 当代俄罗斯小说集. 白文昌，等译. 上海：上海译文出版社，2018：121.

② 沃尔科娃. 叶莲娜的泪珠. 荣洁，译//麦列霍夫，等. 当代俄罗斯小说集. 白文昌，等译. 上海：上海译文出版社，2018：108.

③ 沃尔科娃. 叶莲娜的泪珠. 荣洁，译//麦列霍夫，等. 当代俄罗斯小说集. 白文昌，等译. 上海：上海译文出版社，2018：104.

自己梦想的旅居女性，会吃快餐，会肆无忌惮地聊性话题，勇敢地追逐着自己的“美国梦”。而她却又是如此诗意：“发明显微镜的人真是个天才，而想出观察自己泪珠的人则是诗人”，“我身体里住着两个人，一个产生眼泪，另一个在显微镜下观察它”。①

面试成功后，她和“我”约好去猎奇小岛科尼岛玩一周，她却在途中因车祸丧生。叶莲娜还没来得及接听《芝加哥》工作组打给她的录取电话，更没来得及听到“我”在机场跟她送别时想说出的“我爱你”。故事以“我从纽约带走了最珍贵的宝贝——我的叶莲娜有生命的泪珠”②结尾。

小说展现了旅居美国追求美国梦的俄罗斯女性的生活一角，同时也通过叶莲娜的面试（在浩浩荡荡的面试队伍里每两个人中就有一个是俄罗斯人）折射出在美国逐梦的俄罗斯人的群像。旅居国外的女性的逐梦尝试很多是悲剧的。这样的话题、这样的人物形象，特别是逐梦的活力和现实的无奈正是此类小说的张力之所在。此外，在新现实主义小说中，女性形象中不乏积极向上的女性，甚至是具有操控与进攻欲、让人望而生畏的坚韧的女强人。

斯拉夫尼科娃的小说《2017》中，克雷洛夫的前妻塔玛拉可以称得上是一位相当成功的女企业家。塔玛拉组织的“穹顶”合作企业会议上，有州政府副主席、州财政部部长、州文化部部长，还有军区司令员、国家杜马代表、垄断寡头、媒体总经理、妇女委员会委员等名人汇集。

当克雷洛夫与教授按照计划寻找原石加工宝石时，塔玛拉以她企业家的独到眼光预见了整个国际市场的危机，奉劝前夫不要铤而

① 沃尔科娃. 叶莲娜的泪珠. 荣洁，译//麦列霍夫，等. 当代俄罗斯小说集. 白文昌，等译. 上海：上海译文出版社，2018：107.

② 沃尔科娃. 叶莲娜的泪珠. 荣洁，译//麦列霍夫，等. 当代俄罗斯小说集. 白文昌，等译. 上海：上海译文出版社，2018：123.

走险："我们出生在这个美妙的地区，这儿差不多一半的居民希望自己不存在！你们当中的每一个人都在寻找检验自己是活着还是死了的方法，这就一点都不奇怪了"；"你回忆一下 2006 年和 2007 年，那时总共出现了多少东西：蜂窝式移动视频电话、生活塑料、超薄显示器、全息图像、第一块医用和美容用芯片，甚至洗衣粉里也用……后来发明之路好像被切断了。你想想这是为什么。原来出现了比原子弹更可怕的东西——经济炸弹"；"如果开放'开采场'，那么基本上谁也活不下来。所有东西都将贬值，货币体系将垮塌，更不用说证券市场了。那必将天下大乱，从中逃脱的最佳出路将是战争：一场文雅的、无名的、几乎没有喧嚣的战争"。① 塔玛拉并非主动找克雷洛夫说这一番话，而是在克雷洛夫怀疑她派密探监视来核实之时说出的。塔玛拉不仅分析了克雷洛夫的处境，更是分析了世界经济运转规则，让克雷洛夫和读者都真切地感到她对"我是一个女人，是柔弱的造物" ② 观点的驳斥，对自己职场女强人形象的追求。

塔玛拉对前夫克雷洛夫的关心与支持也让克雷洛夫感受到了她职场女强人的气场。塔玛拉曾给克雷洛夫一张六百美元面值的纪念钞票，上面总统帕梅拉·阿姆斯特朗的肖像似乎在提醒克雷洛夫，这是一个权倾一时的女人，"整整八年时间她将世界共同体攥在自己拳击运动员一样的拳头里"③。克雷洛夫感到前妻恨不能用自己的身体和各种礼物将他从四周团团包住。④ 不过她极丰厚的物质帮助，总是显得不合时宜和没有益处，她永远都不能像最亲的人那样，给人以真正的帮助。这也与她所经营的丧葬生意类似，"她将幸福的元素引入到不幸（哀悼仪式中主要的东西）之中，并且用最简单的方式来实

① 斯拉夫尼科娃. 2017. 余人，张俊翔，译. 南京：译林出版社，2011：191，195.
② 斯拉夫尼科娃. 2017. 余人，张俊翔，译. 南京：译林出版社，2011：196.
③ 斯拉夫尼科娃. 2017. 余人，张俊翔，译. 南京：译林出版社，2011：198-199.
④ 斯拉夫尼科娃. 2017. 余人，张俊翔，译. 南京：译林出版社，2011：152-153.

现：在‘花岗岩’公司进行抽奖活动”[①]。这些奖项包括得到带有亡者全息照片的墓碑，或者在餐馆里举行容许五十人参加的葬后宴，或者是加勒比海岛三人休闲游，等等，以此帮助“送行的人摆脱桎梏，撕掉他们与死神签的卖身契”[②]。

塔玛拉所经营的生意是殡仪服务，她试图让人们能够更坦然地接受死亡。“我是自己这个时代的孩子……我确实正致力于让人们最终获得良好感觉的工作。”[③]她认为葬礼几乎就是人类日常生活中这样一个唯一的过程：在这个过程中没有一个人愿意看到什么变化和革新。她却坚持要改变，尝试为定制葬礼的送行亲人提供乐透彩惊喜。[④]她试图揭去人们对待故人的虚假情感的遮羞布，并且如此执着、如此冷静地去运营她的葬礼生意，这从一定程度上来说是不合时宜的，甚至是冷酷无情的。在消费时代，女企业家形象的突起，在很大程度上是对男性失语的现实的呈现，同时也是对工业社会消费社会人的异化的反思。

小说中对塔玛拉形象的刻画也耐人寻味。可以说，在后现代主义创作的冲击下，女性形象已失去美的化身、精神复苏的希望，失去了闪耀着宏大叙事的光环，成为宣泄解构冲动的对象，审丑成为常态。新现实主义小说抛弃了传统隐忍、柔美、救赎的女性形象，致力于书写新式女性形象，探讨深层的社会原因，特别是对大家习以为常的中年母亲、被忽视的侨居女性，或是职场女强人的勾画，这是俄罗斯文学强大的人道主义精神的体现。小说中对女性作为美的化身的毁灭过程的展示，则让当代俄罗斯文学具有了深刻的悲剧意蕴。

---

① 斯拉夫尼科娃. 2017. 余人，张俊翔，译. 南京：译林出版社，2011：163.

② 斯拉夫尼科娃. 2017. 余人，张俊翔，译. 南京：译林出版社，2011：370.

③ 斯拉夫尼科娃. 2017. 余人，张俊翔，译. 南京：译林出版社，2011：267.

④ 斯拉夫尼科娃. 2017. 余人，张俊翔，译. 南京：译林出版社，2011：163-164.

第二节　在迷茫中游走的新式男青年

在俄罗斯经典文学的人物长廊里有一系列男青年角色，如《聪明误》中的恰茨基、《叶甫盖尼·奥涅金》中的奥涅金、《当代英雄》中的毕巧林、《罗亭》中的罗亭、《父与子》中的巴扎罗夫等。他们是受到自由思想影响的贵族青年，对父辈占有话语权的社会充满质疑，对令人窒息的社会有着反抗的冲动，他们患有相同的“时代病”[①]。正是这些青年增加了俄罗斯文学中的代际维度，带来了对“父与子”这一文学母题的挖掘。屠格涅夫将其发表于1862年的长篇小说命名为《父与子》[②]更是明晰了对代际话题的聚焦，这在很大程度上也是对社会思潮冲突的思考。

正如哲学家布尔加科夫所说的，一定程度上，人道主义的进步表现为蔑视父辈，厌弃自己的过去以及对它无情的贬谪，在历史上，它甚至经常直接表现为个人问题上的忘恩负义、父辈与子辈之间合法化的精神冲突。英雄根据自己的计划来创造历史，他们审视诸如用于发挥作用的物质或消极客体等存在物，仿佛正在从自身展开历史。[③]

距屠格涅夫发表《父与子》百年之后的苏联时期，阿克肖诺夫于20世纪60年代创作的小说《带星星的火车票》开启了苏联文学中的“青春散文”，以代际冲突的方式来呈现青年人成长的心路历程。该作品对俄罗斯新现实主义小说的青年人形象塑造影响甚大，故在此先对该作品的主题稍做分析。

---

① 参见：莱蒙托夫. 当代英雄. 草婴，译. 上海：上海文艺出版社，2003：译者序3.

② 屠格涅夫的小说《父与子》反映了俄国农奴制改革前夕民主主义阵营和自由主义阵营之间的思想斗争。平民出身的医学生巴扎罗夫有着坚强的性格和埋头工作的毅力，可以称得上是激进的民主主义者，他的思想与基尔沙诺夫一家，特别是阿尔卡狄的伯父巴维尔的贵族自由主义观点有着明显的对立。此外，阿尔卡狄与父亲、伯父，巴扎罗夫与自己的父母亲之间都有着思想立场的矛盾与冲突。

③ 布尔加科夫. 英雄主义与自我牺牲//基斯嘉柯夫斯基，等. 路标集. 彭甄，曾予平，译. 昆明：云南人民出版社，1999：51.

该小说的主人公是两个青年人，17 岁的弟弟吉姆卡和 28 岁的哥哥维克多。他们的出身不是贵族，而是苏联社会精英知识分子杰尼索夫之家。父亲是大学老师，妈妈懂两种外语。哥哥一直有着优等生的光环，专心撰写副博士论文。而弟弟不爱学习，但也读过了“有教养”的家庭的孩子应该读的一切书，有客人来时，也懂得席间的礼节。不过，弟弟所受的教育，更多来自街头巷尾。

《带星星的火车票》中的代际冲突是孩子与家长的冲突，不过展示的视角则多是兄弟二人选择不同成长道路的多次冲突。

> 吉姆卡绝望地叫道，“见鬼去吧！你以为我想步你的后尘，你以为你的一生就是我的理想？可你的一生，维克多，是你还躺在摇篮里的时候爸爸妈妈就替你安排好了的。中学的高才生，专科学校的高才生，研究生，助理研究员，副博士，研究员，博士，院士……然后还是什么？我们所敬爱的已故的 ×× 先生？可你要知道，你一生之中从来没有独立地做过什么重大的决定，从来没有做过冒险的尝试。真见鬼！不等我们生下来，我们的一切就早都安排得妥妥当当，我们的命运就早都安排定了。去它的吧！我宁可当流浪汉，到处碰壁，也不当一辈子小孩儿，净按照别人的主意生活。”[①]

兄弟二人的谈话揭示了试图绕开父辈提供的人生规划的子辈的生活哲学。吉姆卡和好友们[②]选择了离莫斯科非常遥远的波罗的海沿岸的塔林，以此反抗父母设计的既定生活轨迹。维克多虽遵循了父母给他定的人生规划，但他不赞同弟弟的行为方式，并用普希金的

① 阿克肖诺夫. 带星星的火车票. 王士燮，译. 北京：人民文学出版社，2006：28.
② 他们与吉姆卡和维克多的家境相似，父母也都可以称得上是社会建设和发展的中流砥柱。

诗句“陌生的青年一代”[①] 来界定弟弟和他的朋友们，还指出“你们患了所有的时代的青年人所常犯的那种病症”[②]。维克多在副博士论文答辩之前的实验验证时，决定拒绝导师提出的对研究结论弄虚作假的建议。他的身上也有弟弟所具有的“特殊的东西”，只是要想保持住它，需要进行自我斗争，甚至不惜丢掉自己的生命，而这在弟弟身上完全是自然而然、与生俱来的。[③] 兄弟二人都为自己的坚持采取了行动，并且是自己并不后悔的行动。

小说没有美化兄弟俩的人生。维克多在去野外实验的出差路上死于空难，吉姆卡在远离莫斯科的波罗的海渔业公社当了一名实实在在的社员。哥哥离世后，吉姆卡回到莫斯科，回到哥哥曾经生活了 28 年的房间，看到了哥哥经常在窗台上凝视的类似被检票员打出星星孔形的火车票图案。吉姆卡将哥哥的秘密遗物记在心底，但他仍在彷徨：“票有了，但是往哪儿去呢？”[④]

维克多和吉姆卡兄弟二人对既定社会现实有着同样的叛逆与抗争：弟弟是对父母设计的既定轨迹的反抗，哥哥则是对学术的坚持，反抗学术权威的淫威。这样两个形象“立体地揭示了青年一代的整体生存状态”，凸显了两代人在世界观和生活态度方面的对立，是现代版的《父与子》。[⑤] 代际冲突在阿克肖诺夫笔下已与屠格涅夫笔下的矛盾冲突焦点发生了改变。可以说，这是子辈独有的对父辈世界强烈的质疑与反抗的精神，他们对未来生活充满激情的渴望，对以父辈

---

① 阿克肖诺夫. 带星星的火车票. 王士燮，译. 北京：人民文学出版社，2006：17. 此句引用的是普希金 1825 年的诗句“племя младое незнакомое”.

② 阿克肖诺夫. 带星星的火车票. 王士燮，译. 北京：人民文学出版社，2006：190.

③ 阿克肖诺夫. 带星星的火车票. 王士燮，译. 北京：人民文学出版社，2006：190-191.

④ 阿克肖诺夫. 带星星的火车票. 王士燮，译. 北京：人民文学出版社，2006：222.

⑤ 阿克肖诺夫. 带星星的火车票. 王士燮，译. 北京：人民文学出版社，2006：前言 4.

生活为代表的教条的行为方式和僵化的社会规则心存不满。

阿克肖诺夫努力在青年人形象、行为、思想当中寻找的是社会生活中新出现问题的答案。这部被称为“俄罗斯的《麦田守望者》”的青春小说开山之作所张扬的是一种追随内心的“真”——不戴任何面具地生活，不伪装高尚，不冒充伟大，不吹嘘怀有那种空洞的、人云亦云的远大理想，不生活在虚妄的意识形态乌托邦之中。[①]这种对“真”的追求影响着俄罗斯新现实主义小说创作者的成长，同时也成为新现实主义小说在塑造所选择的呈现代际冲突的典型形象时的着力点。

作为俄罗斯新现实主义小说先声作家的瓦尔拉莫夫，在《傻瓜》中接续了吉姆卡这一人物形象，将青年人的叛逆、愚钝与迷茫联系在一起。男主人公名叫亚历山大·杰兹金（萨尼亚），1963 年（比吉姆卡大约小 20 岁）出生在知识分子家庭，家里也有一个哥哥。他既没有哥哥们的聪明，也没有他们在生活中表现出的机灵，他在他们的阴影中长大，穿他们穿过的衣服，进已经非常熟悉他们家的托儿所和幼儿园。[②]与吉姆卡一样的是，萨尼亚极为讨厌学校，他是家里唯一一个没考上大学的孩子。

作家瓦尔拉莫夫在小说中，特别是萨尼亚高考失利时，明确点出了阿克肖诺夫的《带星星的火车票》。“也许，以前像他这样饱读《青春》杂志的年轻人，肯定会离开莫斯科到外地去了解生活。他们或者到波罗的海的渔业集体农庄，去西伯利亚的城市，或者到中亚的荒原做地质考察，但杰兹金已是属于另一个时代的人，他的青春时代也完全不是原先那种样子了。”[③]这里提到的《青春》杂志正是当

① 参见：阿克肖诺夫. 带星星的火车票. 王士燮，译. 北京：人民文学出版社，2006：前言 5.

② 瓦尔拉莫夫. 生——瓦尔拉莫夫小说集. 余一中，译. 北京：外国文学出版社，2002：180.

③ 瓦尔拉莫夫. 生——瓦尔拉莫夫小说集. 余一中，译. 北京：外国文学出版社，2002：186.

年《带星星的火车票》发表的杂志，而波罗的海的渔业集体农庄便是吉姆卡和朋友们冲破家庭桎梏追求自由的目的地。不过，萨尼亚却不像吉姆卡能举起60公斤的重物那样强壮，他“一生下来就很弱，常常生病”[①]，他也不像吉姆卡那么喜欢喧闹的爵士乐，在公共场所肆无忌惮地冲女孩子吹口哨，他喜欢沉思，很安静，不喜欢热闹的环境和鲜亮的玩具。小说中之所以说萨尼亚是属于另外一个时代的人，是为了点出《傻瓜》对《带星星的火车票》的接续：相同的成长主题，不同的成长时期。具体来说，阿克肖诺夫小说中的1960年往后20年的1980年是萨尼亚成长故事的重要节点。

萨尼亚的好朋友与吉姆卡的好朋友也不尽相同。萨尼亚、廖瓦和卡佳是同龄人，17岁，他们还有一个共同的身份——高考落榜生，“命运使他们三个高考落榜生聚到了一起”[②]。如果说萨尼亚的落榜没有引起任何人的惊奇，那么廖瓦的落榜则大大出乎人们的意料。他与吉姆卡的哥哥维克多一样优秀，才十几岁就已经做了有些人一辈子都做不到的事：会拉小提琴，参加过区里和市里各种奥林匹克比赛，在少年宫的国际友谊俱乐部学西班牙语，写诗，创作小说，读过大量的书。另一位朋友是卡佳，她在鲍特金医院当护士，接连考了三年医学院都不成功。

相同的考试失利让萨尼亚和廖瓦成了好朋友。他们甚至还“歃血为盟”，每天见面无所不谈，他们觉得自己是最早发现真理的人，仿佛周围的世界是那样的残酷和不公正，充满了虚伪，任何关于善和爱的话都只是用来掩盖人的利己主义本质的。廖瓦曾提议两人起誓，不管命运让他们经受什么考验，他们都不会出卖自己，不会背叛他

① 瓦尔拉莫夫. 生——瓦尔拉莫夫小说集. 余一中，译. 北京：外国文学出版社，2002：180.

② 瓦尔拉莫夫. 生——瓦尔拉莫夫小说集. 余一中，译. 北京：外国文学出版社，2002：193.

们的友谊。

同样是 17 岁的青年人，萨尼亚他们的约定和坚持已不再是与父辈们的规划和安排相抗衡，而是努力在周围的世界里生存下去，保持自己内心的真。因为此时他们身边的恶已经蔓延至家人身上。例如，廖瓦的母亲因卡佳出身贫寒而阻止廖瓦与她交往，她甚至跟萨尼亚商量是否应该给卡佳一笔钱，她“竟然要跟卡佳天使般的心灵做一笔如此卑鄙的交易”[①]，这使得萨尼亚极为震惊。

20 世纪 80 年代的社会现实并没有指明青年人的发展方向，甚至不利于青年人的成长。《带星星的火车票》中的吉姆卡与朋友们在外闯荡时靠自己的劳动便能独立生活，而《傻瓜》中的萨尼亚则只能在父母的规划控制下转到苏联时期的兵役束缚中。然而，在赤塔的兵役既没有锻造出萨尼亚健壮的体魄，更没有磨炼出萨尼亚英勇的气质，反而让他感到“身体上的痛苦起初非常厉害，几乎使精神上的痛苦缩减为乌有”[②]，进而成为他记忆中的噩梦。一年后，萨尼亚回到了莫斯科，而他的噩梦里还经常出现“高高的围墙、监视塔、警笛的呼号、冰冷的枪支、军犬的狂吠、每天早上连续一小时在零下四十度严寒中踏着混凝土操场出操”[③]。同时，也正是赤塔彻底改变了卡佳对生活、对爱情的憧憬。她为了救萨尼亚离开这个几乎毁了他健康的地方而受到非人的屈辱。这也是为什么她不再等待萨尼亚，而是嫁给了富家子弟，离开了俄罗斯。

萨尼亚回到莫斯科，一如吉姆卡仍然不知道自己该往何处去。“人不可能长期生活在空虚状态中，如果他不能趋向某种东西，他绝

---

① 瓦尔拉莫夫. 生——瓦尔拉莫夫小说集. 余一中，译. 北京：外国文学出版社，2002：195.

② 瓦尔拉莫夫. 生——瓦尔拉莫夫小说集. 余一中，译. 北京：外国文学出版社，2002：204.

③ 瓦尔拉莫夫. 生——瓦尔拉莫夫小说集. 余一中，译. 北京：外国文学出版社，2002：220.

不仅仅是原地踏步；蓄积起来的潜能势必转向病态与绝望，并最终转向破坏性活动。”[①] 得知卡佳嫁人之后，萨尼亚变得好斗、粗鲁，大喊大叫，整天在家里或街上游来荡去。甚至民警局也来警告了，如果萨尼亚再不找个地方安顿下来，或者不继续治疗，就要追究他的“寄生虫罪”。于是他选择去南方流浪。

再次回到莫斯科时，萨尼亚发现廖瓦在试图挤进一个不属于他的圈子，“我不想像你我的父母那样在贫穷和长期的屈辱中生活……为此我特别尊敬自己，并且知道我应当得到更多的东西。我只有两条出路，或者出国，或者把自己摆在任何败类都不敢对我吠叫的地位”[②]。廖瓦盘算着早晚要“卖身”一次，这是最重要的资本——不错的新郎候选人。[③] 萨尼亚觉得只有自己还是老样子——一个小小的然而勇敢的理想主义者，他想和一切作对，想向莫斯科和全世界证明，并不需要出卖自己，也可以而且应该自由和轻松地生活。[④]

如果说吉姆卡是典型的花季雨季青年，他和朋友们“鉴于特定生理、心理所体现出的蓬勃朝气，同时生活体验和科学知识的缺乏为热情和自信弥补……最充分地表现出那些英雄极端主义的典型特征”[⑤]，那么萨尼亚的成长轨迹则更为内敛，尚未过花季雨季的他和朋友们没有和父辈们正面交锋的士气，而是努力离开常规环境，把自己排斥在常规之外。如果说吉姆卡离家流浪是对自己充满信心，那么萨尼亚离家出走则显示的是自己的能力。当哥哥维克多到渔场来

---

① 梅．人寻找自己．冯川，等译．贵阳：贵州人民出版社，1991：12

② 瓦尔拉莫夫．生——瓦尔拉莫夫小说集．余一中，译．北京：外国文学出版社，2002：236-237.

③ 瓦尔拉莫夫．生——瓦尔拉莫夫小说集．余一中，译．北京：外国文学出版社，2002：236-237.

④ 瓦尔拉莫夫．生——瓦尔拉莫夫小说集．余一中，译．北京：外国文学出版社，2002：228.

⑤ 布尔加科夫．英雄主义与自我牺牲//基斯嘉柯夫斯基，等．路标集．彭甄，曾予平，译．昆明：云南人民出版社，1999：40.

看吉姆卡时，吉姆卡出手颇为阔绰。而萨尼亚离家出走却是充满内疚，因为他不想成为任何人的负担。第一次他向南流浪，和被生活抛弃的流浪汉走到一起，听他们讲稀奇古怪的故事；第二次则是在他大三的时候申请去气象站。

萨尼亚流浪与吉姆卡闯荡时都碰到了重大历史事件。吉姆卡问起哥哥关于古巴危机的事情；萨尼亚则关注甚至在思考历史事件，如切尔诺贝利核电站爆炸。[①]萨尼亚在奥涅加湖小岛上的气象站里从电视上看到了戈尔巴乔夫与叶利钦。萨尼亚比起吉姆卡多了些许暮气，更添了许多成人的深沉思考。到奥涅加湖小岛时，他没有像当地男性一样酗酒，而是在思考生活状态的不同，甚至找到了理想的生活状态：没有“购物的长队、商店、中央的报纸和挤得满满的地铁车厢……他找到了一块可以度过一生的土地，在这儿他对度过的每一天都不觉得遗憾，不必用空洞的惋惜和激情来折磨自己……慢慢地消除了折磨着城里人并逼着他们为金钱、荣誉和奖赏而胡思乱想的那种苦恼”[②]。

萨尼亚在岛上待了三年后又回到莫斯科，他想念的大学同学没有一位从事与科学有关的工作。在他们眼里萨尼亚是一个病人，他们笑他是个“不幸的苏联佬”[③]。萨尼亚终于忍不住了：

> 是的，是的，我和那些不管在什么政权下都不会顺利的人在一起，和那些在任何领导（不管他们自称做什么）眼里都永远是平民的人在一起。我和那些没来得及这么快习惯一些东西并放弃一些东西的人在一起，同那些不知所措、

① 瓦尔拉莫夫. 生——瓦尔拉莫夫小说集. 余一中，译. 北京：外国文学出版社，2002：262.

② 瓦尔拉莫夫. 生——瓦尔拉莫夫小说集. 余一中，译. 北京：外国文学出版社，2002：266-267.

③ 瓦尔拉莫夫. 生——瓦尔拉莫夫小说集. 余一中，译. 北京：外国文学出版社，2002：303.

失去方向，但从心里感到有人想再一次欺骗他们的人在一起。谁一辈子拼命干活，谁就有过上正常生活的权利。我不明白，为什么整整一代人又要为非常可疑的未来的富足做出牺牲，为什么又要建设什么和改建什么，而不能简简单单地生活？如果这确实是必须的，不这样不行，那就该让大家来分担共同的命运。[①]

从青年视角呈现代际问题不仅仅是在展现社会问题，也是在探讨美学问题、世界观问题。正如有学者指出的那样，叙述与身份密不可分，叙述不仅仅是文学形式，也是现象学的、认知性的自我体验方式，叙述不仅仅是身份表达的合适形式，它就是身份的一个内容。[②]萨尼亚的沉思在其选择备考莫斯科大学物理系的时候就已显露出来。那时"考物理系的人的竞争已不像二十年前那样激烈，当年所有的苏联人都被分成了物理学家和抒情诗人两派。现在人们已经感觉到会计师和商务经理的时代确定不移地临近，而对于会计和商务经理来说，天体是空洞的东西"[③]。而这是他永恒的唯一的爱好——对星空的爱好。他拿到了自己的"带星星的火车票"，但是"他觉得，天空中包含着一种巨大的秘密，那是唯一值得追求的秘密，是和人的心灵相称的秘密，因为星辰和天空中所有的天体都只是一道幕帘，它把这个世界和他因为某种偶然原因而没有去成的世界隔离开来，但是因为他曾接近过那个世界，所以他的理智已受到了损害，因此

① 瓦尔拉莫夫. 生——瓦尔拉莫夫小说集. 余一中，译. 北京：外国文学出版社，2002：303.

② 参见：Eakin, P. J. How Our Lives Become Stories: Making Selves. Ithaca: Cornell University Press, 1999: 100.

③ 瓦尔拉莫夫. 生——瓦尔拉莫夫小说集. 余一中，译. 北京：外国文学出版社，2002：254.

现在他无力做其他任何事情了”[①]。

青年时期是可塑性和可变性极强的人生阶段，同时又是最容易感受到外部压力的阶段。聚焦青年人，是一种对成长轨迹的反思，更是对社会发展与走向的反思。在俄罗斯新现实主义文学作品中，青年人多感觉到自己无力做任何有意义的事情，无力改变自己的生活和自己的处境，即坚信自己不可能作为一个实体来行动，来指引自己的生活，改变他人对自己的态度，或有效地影响周围的世界，这使他们产生了深刻的绝望感和无用感。慢慢地，青年人放弃了意愿和感受，将冷漠和缺乏情感变成了对抗焦虑的防御措施。[②]而这种状态推动着青年人陷入迷茫，进而离开常规的生活轨道，坠入游走或流浪之途，游走于城市的边缘，游走于祖国的偏远之地等。

新现实主义小说在塑造青年人的形象时也提出了一个文化哲理层面上的话题：给人带来苦难的现实环境本身是人自己造成的；人不能实现自身价值的终极原因也在于人本身。[③]这是当代俄罗斯新现实主义小说中青年人物行为的思想根源，也是这类小说中的青年人物形象真实且丰富的原因。

---

① 瓦尔拉莫夫. 生——瓦尔拉莫夫小说集. 余一中，译. 北京：外国文学出版社，2002：249.

② 梅. 人寻找自己. 冯川，陈刚，译. 贵阳：贵州人民出版社，1991：12.

③ 蒋承勇. 十九世纪现实主义文学的现代阐释. 北京：中国社会科学出版社，2010：20.

第四章

俄罗斯新现实主义小说的伦理建构

蒋承勇先生在《为何对俄罗斯文学特别青睐》一文中指出，虽然俄罗斯现实主义文学在一定程度上是19世纪西欧现实主义文学思潮影响下的产物，但是社会历史环境造就了该国现实主义文学具有更鲜明的启蒙理性、战斗的民主主义思想、强烈的社会变革及批判意识等。强烈的社会批判精神和政治变革意识，特别是现实主义文学的倡导者别林斯基、车尔尼雪夫斯基和杜勃罗留波夫等将弘扬启蒙思想与解放农奴、拯救苦难者、拯救国家命运的实际行动结合在一起，这也正是俄罗斯文学介入现实生活的姿态源泉、俄罗斯文学推动社会活动的魅力基石。①

白银时期的思想家布尔加科夫曾在《英雄主义与自我牺牲》一文中指出，在俄国知识阶层中，有创作人士摈弃基督教转而信奉人神宗教、人的自然完善、人的力量所实现的无限进步，他们认为所有的罪恶都可以解释为人的社会生活的纷乱，因此不存在任何个人的过失、任何个人的责任。②布尔加科夫还进一步对此进行了分析，指出人神宗教的本质是自我崇拜，在俄国“它们不仅怀有青年时代的

① 蒋承勇. 为何对俄罗斯文学特别青睐. 社会科学报，2019-05-07（8）.

② 布尔加科夫. 英雄主义与自我牺牲//基斯嘉柯夫斯基，等. 路标集. 彭甄，曾予平，译. 昆明：云南人民出版社，1999：33.

激情，而且还带有对生活和自身力量少年时代的无知，它们几乎被赋予一种狂热的形式”[①]。对于信仰人神宗教的知识阶层来说，“这个国家的一切都为黑暗所笼罩，一切都是那样野蛮、与自己格格不入。他们认为自己是这个国家精神监护人，并且决定就其理解和能力去拯救这个国家”[②]。

19世纪现实主义作家普遍关注与忧虑的问题是上帝对世俗中的人在道德上无动于衷也无能为力时，人到底是趋善还是趋恶？也正因如此，现实主义作家们热衷于描写人性中的恶，并借此守护人的心灵的纯洁，追寻使人性完善和趋善的方法与途径。[③]

加洛蒂曾指出现实主义的生活能动性：艺术不是别的，只是一种生活方式，人的生活方式不可分割地既是反映又是创造。[④]新现实主义小说努力重建的是新的伦理秩序。詹姆逊曾说，现实主义模式与资产阶级的形成密切相关，它参与完成了资产阶级的建构；现实主义文学的意识形态功能在于诱导读者接受资产阶级社会现实，接受舒适生活，看重内心生活，强调个人主义，并把金钱看作一种外部现实（放在现在，或许就是诱导读者接受市场、竞争、人性中的某些方面等）。[⑤]俄罗斯新现实主义小说努力建构的是不同于当下的俄罗斯社会秩序，从小的层面来说是家庭伦理秩序的重建，而放大来说则是整个社会秩序的建构。

俄罗斯文学评论家马尔科娃曾强调，新现实主义作家们，特别

---

① 布尔加科夫．英雄主义与自我牺牲//基斯嘉柯夫斯基，等．路标集．彭甄，曾予平，译．昆明：云南人民出版社，1999：34.

② 布尔加科夫．英雄主义与自我牺牲//基斯嘉柯夫斯基，等．路标集．彭甄，曾予平，译．昆明：云南人民出版社，1999：34.

③ 蒋承勇．十九世纪现实主义文学的现代阐释．北京：中国社会科学出版社，2010：13.

④ 加洛蒂．论无边的现实主义．2版．吴岳添，译．天津：百花文艺出版社，2008：3.

⑤ 详见：詹姆逊．现实主义的二律背反．王逢振，高海青，王丽亚，译．北京：中国人民大学出版社，2020：5.

是青年作家们“渴望为文学注入新鲜血液，重塑世界，而不是开辟一个新的文学方向”[①]。俄罗斯新现实主义文学评论家与支持者鲁达廖夫也曾概括道：现实是必须被改变的东西（以艺术的名义），个体需要克服生活的地狱，艺术天赋需要克服生活的迟钝；与秉持人必然受制于客观世界的运行规律、受虚荣所奴役的理念的现实主义不同，新现实主义会将所经历的痛苦折射成美，将劳动变成思想，将对象变成形象，将人变成创造者，将文学变成寓言。[②]新现实主义小说创作试图改变现实，巩固现实，扭转历史的方向。用季莫菲耶夫的文学观来描述俄罗斯新现实主义文学也毫无违和感：“文学的常规性不是无限的，美学不能完全脱离现实生活。也许这是世界结构合理性的间接证据，一切都是相互关联的。”[③]换句话说，俄罗斯新现实主义文学不仅是美学话题，也是社会话题，从社会现实的客观结构而来，又努力推动着社会结构的不断合理化。

第一节　家庭伦理秩序的重建

美国著名社会学家古德曾说：“在所有已知的人类社会之中，几乎每个人都卷入了家庭权利和义务的网络之中。”[④]俄罗斯的新现实主义文学多关注亲情、家庭等主题，尤其善于聚焦家庭，通过家庭的日常权利和义务的网络来呈现对过去的思考，同时也呈现家庭伦理

---

① Маркова Д. Новый-преновый реализм, или опять двадцать пять. [2022-12-01]. https://magazines.gorky.media/znamia/2006/6/novyj-prenovyj-realizm-ili-opyat-dvadczat-pyat.html.

② 详见：Рудалев А. Новая критика распрямила плечи. [2022-12-01]. https://magazines.gorky.media/continent/2006/128/novaya-kritika-raspryamila-plechi.html.

③ Тимофеев А. О современной органической критике. [2022-12-01]. https://magazines.gorky.media/october/2015/12/o-sovremennoj-organicheskoj-kritike.html.

④ 古德. 家庭. 魏章玲，译. 北京：社会科学文献出版社，1986：1.

秩序重建的可能性。

小说家科切尔金借小说《金环》[①]描写了普通家庭中一个普通的故事场景，即5岁的儿子阿辽沙期待着冰雪融化，春天到来，爸爸可以带他去搭帐篷，去露营，去金环城市[②]徒步旅行。而恰恰是在儿子的等待中，爸爸在金环各城市之间奔波采风、摄影。这是爸爸挣钱的一种方式，他自告奋勇地到“朝圣者”出版社跟社长表明他可以制作金环城市的旅行指南，同时也坦诚地跟社长说，作为写作者，他也需要旅行，需要接触不同的人和不同的事。

“爸爸很忙。他只有半天的时间来做好穆罗姆城市的采风，然后就出发去弗拉基米尔了。”[③]在普廖斯时，爸爸似乎感受到了“永恒的安息”的那份宁静，独自一人回忆着自己的童年，流下了感动的眼泪。虽然他日程很满、舟车劳顿，在不同的城市、不同的景点之间忙碌着，他却意识到：“人类有时甚至只需要春日午后的一个地方，温暖而惬意，在那里他可以平静地为一些存在主义话题而哭泣。”[④]

在忙碌中，他提及了和第一任妻子所生的17岁女儿，还有现任妻子和5岁的儿子。他应该也感受到了儿子的期待：“今年夏天，爸爸或许可以在美丽、荒芜的地方搭起帐篷，而不是急于赶往任何其他地方。”[⑤]同时，他脑海中还浮现了自己童年时的渴望，年幼的他“在很久以前，在80年代的时候，曾和他的爸爸沿着北卡累利阿的

① Кочергин И. Золотое кольцо. [2022-12-01]. https://magazines.gorky.media/continent/2006/130/zolotoe-kolczo.html?.

② 金环城市是位于俄罗斯心脏地带的一些历史悠久的古老城市，包括莫斯科、莫斯科北部和东部的一些小城，从地图上连起来这些城市可以构成一个环形，故曰“金环”。

③ Кочергин И. Золотое кольцо. [2022-12-01]. https://magazines.gorky.media/continent/2006/130/zolotoe-kolczo.html?.

④ Кочергин И. Золотое кольцо. [2022-12-01]. https://magazines.gorky.media/continent/2006/130/zolotoe-kolczo.html?.

⑤ Кочергин И. Золотое кольцо. [2022-12-01]. https://magazines.gorky.media/continent/2006/130/zolotoe-kolczo.html?.

索恩河旅行”[①]。现在他可以一举两得，通过旅行挣钱。在从金环城市返回的路上，他又梦到了跟自己的父亲徒步旅行，只是醒来时想起母亲曾说过“父亲离开得正是时候，他可忍受不了现在发生的一切”[②]。已身为人父的阿辽沙的爸爸却还有疑问，“怎么能离开的是时候或者不是时候呢？如果忍受不了发生的一切会怎么样呢？”[③]这些疑问出现在小说的结尾处，在一定程度上也预示着他自己对家庭的眷顾，对带孩子露营诺言的坚守，对家庭的努力维系。

科切尔金 2006 年发表在《新世界》上的小说《话别》继续了家庭这一主题。老母亲塔尼娅带着孙女莉莉娅来阿尔泰地区看望儿子安德烈。安德烈生在莫斯科，生活在莫斯科，只是在国家与社会变动期慢慢地染上了酗酒的恶习，放弃了父亲曾工作的研究所的学位，远游至阿尔泰工作。安德烈每年都会回莫斯科度假，这一年塔尼娅却带着孙女来看儿子。看到阿尔泰美丽的风光，塔尼娅想起了丈夫在世时曾跟她说过的愿望，希望有一天来阿尔泰看看这里美丽的风光。而她此次舟车劳顿不远数千里来到阿尔泰，是因为得知自己患有重病，将要进行一个生死未卜的手术，此次的探望或许是她生命中与儿子的最后一次话别。看到儿子在这里获得了自我拯救，重新过起了正常的生活，她就默不作声地带着孙女回去了。[④]《话别》中的母亲一如她在路上给孙女所讲的《迷人的幸福星辰》电影[⑤]中的女性

---

① Кочергин И. Золотое кольцо. [2022-12-01]. https://magazines.gorky.media/continent/2006/130/zolotoe-kolczo.html?.

② Кочергин И. Золотое кольцо. [2022-12-01]. https://magazines.gorky.media/continent/2006/130/zolotoe-kolczo.html?.

③ Кочергин И. Золотое кольцо. [2022-12-01]. https://magazines.gorky.media/continent/2006/130/zolotoe-kolczo.html?.

④ Кочергин И. Сказать до свидания. [2022-12-01]. https://magazines.gorky.media/novyi_mi/2006/7/skazat-do-svidaniya.html.

⑤ 以普希金歌颂十二月党人及家人的诗句命名的歌颂十二月党人妻子们的电影，讲述的是十二月党人的妻子们义无反顾地放弃奢华的生活跟着爱人在茹毛饮血之地流放的经历。

一样，为了成全家人一直任劳任怨地支撑着这个家。此次话别，既是了却她对儿子的牵挂，也是完成丈夫的旅行心愿，更是为了家庭的延续。

如果说话别或者离世对家庭来说是一个反思的重要节点，那么这样的事件也是对家庭伦理秩序的一种考验。俄罗斯作家马特维耶夫直接在其名为《现实主义》的小说中探讨了家人死亡这一话题：

> 死亡是一件奇怪的事情。这是你自出生以来已经得到的礼物之一，但就像他们要求你在圣诞节之前不要打开它一样，你可以用不同的方式对待它。但是，对于它的存在你是毫无办法的……我不以恐惧对待离开的那一刻。相反，却报以惊讶和痛苦的怜悯……
>
> 我不能说它（死亡）会有多真诚。因为它就像是一份圣诞礼物，当它到来时，我们会打开它。它是这样的——现实主义。这篇小说讲述的便是年轻人对待死亡的看法。①

这是小说的开端与结尾，透露着对死亡话题的坦然接受。小说中死亡与家人的联系是奶奶和继父的离世。那时，继父经常酗酒，还会殴打母亲，身为七岁的男孩，“我”没有什么真正能帮助母亲的方法。但是我却可以有些收入——卖酒瓶。奶奶则是阻止继父酗酒的家人，关于她的离世，小说只用了一句话进行描述：“后来奶奶死了。”② 在一定程度上，这显示着“我”对死亡的冷漠。当酗酒、殴打充斥在家庭中时，家人之间的关系则被腐蚀，甚至被消除。奶奶死后，继父酗酒更加厉害了，有一次他一连几周喝个不停，坐在原地

① Матвеев А. Реализм. [2022-12-01]. https://magazines.gorky.media/din/2010/2/realizm.html.

② Матвеев А. Реализм. [2022-12-01]. https://magazines.gorky.media/din/2010/2/realizm.html.

没有了呼吸。“妹妹来向我求助，我来到继父面前，愣住了，然而感情上没有一点悲痛。葬礼上也是如此：我相信，现在我仍然相信，这是他的出路。”[①] 我的冷漠源自对继父死亡的渴望：“他在尖叫时，我在想他死掉算了；他殴打我母亲时，我还在想；他喝醉时，我又在想。不是一直，而是经常。虽然这对一个小男孩来说是不合适的想法。但是我可能没有后悔过，这的确是当时真实的想法。我无力，也不想去纠正。”[②]

在马特维耶夫的小说中，继父的死亡并没有换得“我”的原谅和对他家人身份的认可：“当我写这一切时，我每次都必须纠正一个词。我总是先写下父亲，擦除并键入继父，以此我恢复了叙述的某种法律真实性；如果我在谈话中以某种方式触及这个复杂的人，我会说‘父亲’，然后纠正自己并解释他只是‘继父’。”[③] 此外，“我”仅有这些沉重的记忆，对生活中这些残忍的事实已冷漠处之，也已无意憧憬正向的家庭伦理秩序，正如小说中所说的那样，“这个故事不具有任何道德启发性”[④]。

著名女作家波利扬斯卡娅的作品以家庭书写见长，其两部小说《虚礼》和《小熨斗和冰激凌》[⑤]（下文简称《小熨斗》，曾获俄罗斯 2003 年度卡扎科夫奖，即年度最佳短篇小说奖）反映了新现实主义小说中的一种家庭关系网络，其中的夫妻关系、亲子关系及同胞关系处理中都透露着关于家人身份、代际伦理结构的思索，特别是对

① Матвеев А. Реализм. [2022-12-01]. https://magazines.gorky.media/din/2010/2/realizm.html.

② Матвеев А. Реализм. [2022-12-01]. https://magazines.gorky.media/din/2010/2/realizm.html.

③ Матвеев А. Реализм. [2022-12-01]. https://magazines.gorky.media/din/2010/2/realizm.html.

④ Матвеев А. Реализм. [2022-12-01]. https://magazines.gorky.media/din/2010/2/realizm.html.

⑤ Полянская И. Рассказы. [2022-12-01]. https://magazines.gorky.media/znamia/2003/1/rasskazy-115.html?ysclid=lva9tiwvko872098383.

家庭伦理秩序重建的尝试。

在《虚礼》中，经历过二战的老母生病10余年，两位女儿在床前守护得疲惫不堪，与父亲在“要不要让母亲死去”的问题上发生了严重冲突，同时两位女儿又因各自家庭的烦恼而心力交瘁。《小熨斗》则以第一人称讲述了“我”家三代同堂的故事，包括“我”不太幸福但难以忘记的童年经历，特别是妹妹的小聪明、父亲的严厉及奶奶的无奈。

苏联时期及苏联解体后的俄罗斯时期，处于统治地位的政权掌握着对历史的解释权、对当下的塑造权。而家庭作为社会细胞，其存在方式往往无法脱离社会的影响，它总是“和一定的社会相对应，社会的性质和形态决定了家庭的性质和形态，家庭的变化可以表现社会的变化”[①]。

苏联自建立之初，便极力与沙俄时代彻底决裂，改造一切与旧社会相关之物，使之成为社会主义社会的一部分。家庭自然也必须向社会主义靠拢，成为社会主义家庭。《小熨斗》中处处可见改造后社会的社会主义优越性。“我”家随父亲工作调动，迁至一座由无产阶级劳动者建造的全新城市。“所有的城市广场里都装饰着纯种的玫瑰。深红的天竺牡丹、重瓣的紫菀怒放在主大街上；其他的街道两旁雏菊蔓延；一排排剑兰如军人似的立在那里；市郊则散发着蝴蝶花、丁香和其他花草的芬芳。”“我”的奶奶不住地感慨“在年轻的城市里做年轻人真幸福”。[②]

《虚礼》中的母亲是苏联时期的模范妈妈，她将家里整理得井井有条；她的厨艺和手工活都让人赞叹。更为重要的是，“我为人人，人人为我”“一切都是大家的”这些苏联时期的宣传标语，成了母亲

---

① 潘允康. 家庭社会学. 北京：中国审计出版社，2002：54.

② Полянская И. Рассказы. [2022-12-01]. https://magazines.gorky.media/znamia/2003/1/rasskazy-115.html?ysclid=lva9tiwvko872098383.

终生不渝的生活原则。二战期间疏散时，她救活了自己刚出生的小女儿卡佳，在战火硝烟弥漫中，她还拯救过许多无辜的孩子。当两个女儿都已成家立业时，母亲仍坚持“一切都是大家的”。小女儿打算买车以便摆脱“上下班必须挤公交车的噩梦”，这遭到了母亲的坚决反对。卡佳低声的一句“妈妈，我们用自己的钱买”，触及了老母亲的原则。“什么叫‘自己的’？”“我们没有什么是‘自己的’，我们的一切都是大家的。正是这种信念帮助我们在疏散的时候活了下来——我们想的是大家，是你们——我们的女儿们——还有侄儿们。”[①]

苏联时期的家庭受到了外部环境给家庭活动强加的某些限制，并且这种限制表现在家庭的物质与精神生活的各个方面，制约和影响着家庭成员之间的相互关系，折射为家长对孩子们及家庭的绝对主宰权。反言之亦可，即家庭中的夫妇关系、亲子关系、同胞关系往往是社会上各种人际关系的折射。

《小熨斗》中，“就连提到济纳也在情理之中，她是爸爸的领导的女儿，我们都受不了她”[②]。父亲对领导权威的顾忌在“我”撒谎替妹妹解围时显露出来。这种等级权威意识也支配着父亲在家里的行为举止。“家长”在他的潜意识中，不仅是家族血缘中的地位体现，更意味着在社会文化中所拥有的特权：对家庭的主宰、对孩子的占有。他在家里不放过任何体现他权威的机会。

喜欢找同伴玩耍本是小孩子的天性，而无法容忍虚度光阴的父亲却严禁两个女儿去院子里玩。妹妹丽塔“每次都长时间地，甚至是有失体面地哀求”，才可能获得允许。妹妹未经父亲允许将小熨斗

① Полянская И. Рассказы. [2022-12-01]. https://magazines.gorky.media/znamia/2003/1/rasskazy-115.html?ysclid=lva9tiwvko872098383.

② Полянская И. Рассказы. [2022-12-01]. https://magazines.gorky.media/znamia/2003/1/rasskazy-115.html?ysclid=lva9tiwvko872098383.

转送给好朋友，想以此换取小区里小朋友们对她这位新玩伴的好感，这件事让父亲大为光火。“父亲满腔愤怒，像悬崖一样纹丝不动居高临下地盯着她，并追问着。”[①] 事后，这场影响妹妹一生并使其性格转变的“小熨斗风波”，对父亲来说，“只是一个有着教育意义的小插曲”，他只是履行了家长义务，成功地为“童稚的”孩子上了一堂教育课。

《虚礼》中的母亲掌握着“团结友善、充满亲情和希望的大家庭”的生活方向，总是“用那种威严的、大家都听惯的口气”说出自己的意见，父亲“总和母亲保持一致”，适时强调一下母亲的观点。“活了五十多岁，姐妹俩还从未和妈妈顶过一句嘴。”“每逢母亲生日，女儿都带上自己的家人像诸侯国朝拜一样来为妈妈祝寿”，同时聆听母亲对小家庭的意见。而母亲病情每况愈下时，“在她攒足了全身的力气发表意见时，大家还是听她的话”。[②]

《虚礼》与《小熨斗》两部短篇小说呈现了两个有着各自故事、各自烦恼的苏联家庭，但叙述者却有着相同的倾向，其叙述在不断质疑并消解着家长的权威。在两部小说的开头，家长权威便被打上了问号。

《小熨斗》以父母“开始忙自己的事”开篇。接下来，作者交代了父母例行所忙的是什么——“父亲大声吼道”“母亲尖叫着”。原来父母在“忙着”争吵，母亲还“用力将杯子摔到地上”。[③] 每晚例行公事似的争吵，孩子们都已经习惯了。“我”竖着耳朵听，妹妹丽塔在这样的喧哗中竟能昏昏欲睡。家庭关系通常由夫妻间的婚姻关系，

① Полянская И. Рассказы. [2022-12-01]. https://magazines.gorky.media/znamia/2003/1/rasskazy-115.html?ysclid=lva9tiwvko872098383.

② Полянская И. Рассказы. [2022-12-01]. https://magazines.gorky.media/znamia/2003/1/rasskazy-115.html?ysclid=lva9tiwvko872098383.

③ Полянская И. Рассказы. [2022-12-01]. https://magazines.gorky.media/znamia/2003/1/rasskazy-115.html?ysclid=lva9tiwvko872098383.

父母和子女之间、同胞兄弟姐妹之间的血缘关系所组成，其中，夫妻关系是最主要的，是维系家庭的第一纽带。同时，夫妻关系也是家庭关系的模范。而这里的父母形象被狂吼、尖叫的冲动扭曲，没有任何模范效果，更无法得到孩子们的认同。“在我们爸妈的家里，时常会刮起家庭争吵的风暴，这将仅存无多的温暖吹散殆尽，以至于任何有生命的东西都已经无法在那里成长。”①

《虚礼》的开头处，女儿们都巴望着母亲赶快死掉，甚至连做梦都会梦到。这样惊人的片段本身就是一种对伦理价值的质疑，甚至挑衅，让读者对母亲产生偏爱的怜悯之情，而对这些女儿有了先入为主的批判之意。小说揭开了母亲已经被疾病折磨十几年的事实，在这个家庭里，母亲是一家之长，即家长权威的行使者，患病本身就是对其权威的威胁。“妈妈的病情每况愈下，虚弱使她的语气不再那么威严。”② 五年前，两姐妹曾为要不要让母亲“再拖一两年”发生严重冲突，虽然母亲被抢救了过来，但那一刻身为护士的女儿们却掌握了对她生杀予夺的大权。并且，从不敢与母亲顶嘴的女儿们，随着在病床前心力交瘁的日积月累，开始抱怨连连。

母亲生病以前是正确和权威的象征，她的意见总是对的，而小说中呈现的事情的进展却在不断地消解这一点。例如，母亲很讨厌大女儿的傻儿子萨沙，“整整二十年来不停地向丽塔唠叨，让她把萨沙送给相关机构抚养”③。但在她病情恶化的时候，却只有“萨沙毫无怨言地跑商店买东西，为外祖母倒尿盆，帮她开电视”，就连不喜欢傻萨沙的父亲也“终于给了萨沙一个合理的评价”。相反，母亲喜欢

① Полянская И. Рассказы. [2022-12-01]. https://magazines.gorky.media/znamia/2003/1/rasskazy-115.html?ysclid=lva9tiwvko872098383.

② Полянская И. Рассказы. [2022-12-01]. https://magazines.gorky.media/znamia/2003/1/rasskazy-115.html?ysclid=lva9tiwvko872098383.

③ Полянская И. Рассказы. [2022-12-01]. https://magazines.gorky.media/znamia/2003/1/rasskazy-115.html?ysclid=lva9tiwvko872098383.

的外孙——小女儿卡佳的儿子阿里克，却因为她的宠爱，“过着一种任何人都无法理解的生活——在哪都不想学习；没完没了地结婚、离婚……经常和粗俗的酒鬼厮混在一起”。①

《小熨斗》中的奶奶及《虚礼》中的父亲，作为次级家长权威的行使者，其形象也颇为消极。父母争吵时，奶奶只会“抗议性地往耳朵里塞棉花”。“我”总是“期待着她突然间去过问一下，并最终说出有分量的、成年人该说的话”，稍稍长大后，“我”才明白一切都是“徒劳”，“她只是做做样子显得自己有权势……但实际上，她像我和丽塔一样无助”。同时，她无法给孩子家庭安全感，更无法给孩子家里温馨的感觉。当爸妈争吵激烈时，她只能带孩子们逃离现场。“让她维护孩子们，休想。”② 此外，奶奶还是一个“耍赖皮”的人——“她不喜欢还钱”。她经常骗取“我”攒下的零钱。借钱时，她承诺很快还我，事后却总是找借口赖账，以致“我”后来根本不相信奶奶了。那一天，当奶奶瞪着孩童般的眼睛，向“我”借钱买冰激凌时，我思量了许久，最终也没有给她买。

《虚礼》中的父亲“总和母亲保持一致”。当妈妈教训女儿时，他才会借势发挥一两句，不过很快会被母亲打断，“行了，别说了！”在孩子们眼里，父亲权威从一开始就不存在，或仅是母亲权威的一部分。而妈妈因患病变得语无伦次时，“父亲倒拿出了派头，端起了架子，因为他觉得该轮到他掌权了”。③ 可是已经没有谁可以让他控制的了。小女儿患上了哮喘，大女儿整个人衰老得和母亲差不多了。当女儿们因这一个“无休无止的不眠长夜班”而精疲力竭、抱怨

---

① Полянская И. Рассказы. [2022-12-01]. https://magazines.gorky.media/znamia/2003/1/rasskazy-115.html?ysclid=lva9tiwvko872098383.

② Полянская И. Рассказы. [2022-12-01]. https://magazines.gorky.media/znamia/2003/1/rasskazy-115.html?ysclid=lva9tiwvko872098383.

③ Полянская И. Рассказы. [2022-12-01]. https://magazines.gorky.media/znamia/2003/1/rasskazy-115.html?ysclid=lva9tiwvko872098383.

连连时，父亲将那从母亲威严里接收的权威之魔杖翻来覆去地使用，作为非经典权威主义的代表，这在很大程度上也说明了权威的消解。“那时还没你呢！那时你妈被迫疏散……你出生时差点窒息而死，是你妈把你放在装着融化的雪水的盆里，用毡子包起来，这样你才活下来。”[①]

父母、长辈以何种姿态展现自己，以何种方式处理家庭关系往往与时代联系在一起，权威主义统治的家庭能否适应时代的发展、人的发展、全面的发展？在孩子的回忆中，当家长权威的基础被稀释得荡然无存时，家长权威也被消解殆尽。

上文中已提及，家庭作为特殊的群体，除了血缘这一自然关系之外，还因组成家庭的成员各自所具有的社会身份而使得丰富多层的社会关系交织在一起。由家庭成员之间的骨肉情而形成的天然“内聚力”会不断受到社会变动的影响。“不同时代、不同社会环境都会在处于生命周期不同阶段的家庭成员身上打上时代特征的烙印。”[②] 生于 1952 年的波利扬斯卡娅，亲历二战后的苏联，生活于苏联解体后的俄罗斯，她对家庭的理解也印有时代碰撞的深深痕迹。

自 1985 年戈尔巴乔夫改革以来，俄罗斯文学界经历了思维范式的转型期。美、崇高、爱情、亲情等美学及道德标准，都经受着考验。经历过苏联时期的作家、评论家、思想家，都试图重新审视过往，重建美学和道德范式。波利扬斯卡娅则用其细腻抒情的笔触，揭去强加于亲情之上的权威，试图真正地探讨家庭与个人的关系、亲情伦理价值的所在。

在个人和家庭的比较中更重视家庭，强调家庭的利益、家庭的

---

① Полянская И. Рассказы. [2022-12-01]. https://magazines.gorky.media/znamia/2003/1/rasskazy-115.html?ysclid=lva9tiwvko872098383.

② 王树新．社会变革与代际关系研究．北京：首都经济贸易大学出版社，2004：102.

存在、家庭的意义和家庭的发展，个人服从家庭的倾向通常被称为“家本位”①。在《虚礼》中，“家本位”因母亲的家长权威而蜕变为“家长本位”，个人服从家庭演变为儿女的小家庭服从家长的大家庭，这是作者明确表示不能接受的。而在如何处理父与子的关系、怎么协调小家庭与大家庭的矛盾等永恒的伦理问题上，作者权衡了天平两端，却无力给出明确的答案。

在《虚礼》中，作者自始至终都没有结束患病10余年的母亲的性命，而是让她由语无伦次到精神错乱。而在天平的另一端，儿女受拖累的情境的篇幅有增无减。大女儿丽塔“整个人都衰老了”，面对卧床的老母——“生活，生活就是遭罪”。“小女儿卡佳确信，如果再被自己的家庭、工作还有卧床的母亲撕扯下去，她很快就会死掉。”“卡佳觉得，她正在值一个无休无止的不眠长夜班，她已经没有力气再支撑下去了。”“她们相互绝望地对视着，但对可怜母亲的同情与怜爱之情还有崇高的正义感对她们来说还不是陈规旧俗。”“在接下来的五年中，无论在言谈举止还是在整个生活中，姐妹俩都相继放弃了这些陈规旧俗。”最终，卡佳夫妇因车祸葬送了性命，从这“虚礼”之网中退出；干瘦得像木乃伊的老父亲也无力支撑，“让这一切快点结束吧！我再也没有一丝气力了”。他终于放走了对生活已经绝望的大女儿。而如此结束小说似乎足以展现作者内心的矛盾。②

如果说，第三人称叙述者指出了《虚礼》中的矛盾冲突焦点所在，却无法评定孰对孰错，无力找到恰当的解决方案，那么在《小熨斗》中，作者与叙述者“我”的立场很坚定——不赞成父母、奶奶、妹妹处理亲情的方式行为，但不愉快的童年、不温馨的生活、不乐

---

① 潘允康. 家庭社会学. 北京：中国审计出版社，2002：377-378.

② Полянская И. Рассказы. [2022-12-01]. https://magazines.gorky.media/znamia/2003/1/rasskazy-115.html?ysclid=lva9tiwvko872098383.

观的感受，却不能妨碍“我”对家人的思念及关爱。

父母不关心孩子的交友，“我们的父母甚至都未必想到过嘉琳卡的存在”。父亲也全然不会理会“小熨斗风波”对丽塔来说是多么大的一次打击。“他不会意识到，小熨斗将像铁磙子似的沿着丽塔的一生压过，将妹妹体内的谨慎和机灵挤压出来；他也不曾想到，无论妹妹的命运如何铺展自己的卷轴，那上面总会看得出小熨斗的痕迹……”当奶奶答应还“我”钱而又食言时，她不会顾及“我”的感受，“而我攒钱是为了买一件很需要的东西，每天我都会跑到商店看看，是不是已经被买光了”。当“我”伤心时，“丽塔正安静地睡觉，而奶奶则说‘今天你又往你父亲的棺材上钉了一枚钉子！’妈妈只会默不作声地往我床上送一块湿毛巾”。以至于“我”开始相信历史老师说过的话：“每个人都存在于自己的洞穴里，要想活下去，就要学会要花招……每个人都会孤独地死去。”①

“我”经历过如此不愉快的童年，甚至曾盘算逃离那个城市，“一生永远只会将这里当作一场噩梦来回忆”。多年过后，“我”却有些放不下往昔，“为什么现在这个城市时常将我召唤，我们中谁离了谁不能应对？”“我”也会为那次没有给妹妹和奶奶买冰激凌而内疚，经常梦到那个卖冰激凌的小货亭，“在我身旁站着一些人，我想请他们吃冰激凌，但是一次都未做到”。“我”还会梦到在邮局给妹妹寄钱，并会想念已在另一国度的奶奶，“给丽塔寄去数目不多的一点钱，不过给奶奶却分文不寄，因为不管是在梦里，还是在现实生活中，我都清楚，奶奶现在生活的那个国度里，钱是没有用的”。②

正如弗洛姆在《健全的社会》中所警示的那样：人的群体关系恶

① Полянская И. Рассказы. [2022-12-01]. https://magazines.gorky.media/znamia/2003/1/rasskazy-115.html?ysclid=lva9tiwvko872098383.

② Полянская И. Рассказы. [2022-12-01]. https://magazines.gorky.media/znamia/2003/1/rasskazy-115.html?ysclid=lva9tiwvko872098383.

化，个人从家长式的专制即等级制中“摆脱”出来，却付出了放弃群体联系这个代价。人们的相互关系失去了道德义务感和情感特征，从而变得需要靠单一的经济利益来维持，所有的人际关系都基于物质利益。[①]而经历过苏联家庭观洗礼的俄罗斯社会，在家庭观的建构基础方面却无法简单地归于物质利益，更多的还是要从亲情伦理的角度进行深入思考。

苏联解体以来，许多人热衷于消解、颠覆苏联时期关于美、崇高、家庭、爱情等的标准和范式。新现实主义文学作家则理性地思索家庭伦理秩序，将自己对家庭生活的细腻感受及犀利观察付诸笔端，将鲜明反映时代特征的家庭关系、代际关系展现在作品中，并对其家庭中隐性及显性的家长权威、亲情伦理进行探索。

第二节　社会伦理秩序的重构

佩列文在解释小说《“百事”一代》的创作思路时曾写道：此书所描写的不是社会的转型，而是智慧的转型，这种智慧在于解决现实生活急速变化条件下的生存问题。[②]俄罗斯新现实主义小说中的伦理选择也可以说是解决生存问题的一种方式，其对社会伦理建构的尝试也与对生存的思考联系在一起。从作家、评论家不同阶段的新现实主义文学创作宣言和作品中可以看出，在社会转型期，俄罗斯文学在经历了后现代主义思潮的席卷之后，现实主义小说创作被赋予了新的使命、新的审美特质。

新现实主义文学创作者努力重塑文学建构世界的使命，他们不

① 弗洛姆. 健全的社会. 欧阳谦，译. 北京：中国文联出版公司，1988：93.

② 佩列文.“百事”一代. 刘文飞，译. 北京：北京十月文艺出版社，2018：致中国读者 2.

再将文学当作生活的教科书，而是将其当作生活和存在的试验场，展示真实的可能生活。这种精神的重新复苏，高呼思想，否定单纯的解构，可以说是新时期俄罗斯作家的自觉选择，同时也是作家们对俄罗斯文学中批判现实主义传统的发展。

在格里什科维茨的小说《埋葬天使》中，男主人公安德烈试图在晚上去埋掉家里刚死掉的小狗。“他决定去埋掉这条狗……他甚至想到，古代人都是将对他们来说必要且昂贵的一切放在坟墓里进行收藏安顿。他郑重其事地把狗和它的物品裹在一条毯子里，用晾衣绳捆绑好。”[①] 普通小人物试图解决生活中普通的小环节——埋掉宠物，这样的环节构成了小说中行为的焦点，在一定程度上也折射出普通人物生活的平和与自然。而当安德烈将小狗当作挚友一样送行时，我们能够感受到主人公的善良及社会的包容。

看似不难解决的问题却让人不知所措。安德烈来到院子里，才发现无处可埋葬死去的狗。他们居住了10多年的小区的院子里被布置得妥妥当当——一个停满汽车的停车场、一个游乐场、两个小花坛，然而没有适合埋葬宠物的空间。安德烈走出小区，走过幼儿园，走过体育馆，寻找合适的位置。“他摇了摇头，想着自己带着包袱走过大道又会是什么样子。一个男人晚上带着袋子和铲子在城市里走来走去！这怎么能理解？他，安德烈！一个肥胖的、西装革履的、严肃的男人。一个成年人！”[②] 安德烈最终选择了公园，当他挖土的时候却引来了警察。他所能做的是继续寻找合适的空间，此时他却自感身体不适，只好去药店求助。

冷漠的药店工作人员直到安德烈脸色变得苍白才意识到需要施

---

① Гришковец Е. Погребение ангела. [2022-12-01]. https://magazines.gorky.media/znamia/2006/2/pogrebenie-angela.html.

② Гришковец Е. Погребение ангела. [2022-12-01]. https://magazines.gorky.media/znamia/2006/2/pogrebenie-angela.html.

以援手。她解释了为什么自己如此冷漠，是因为在夜间看到了太多的人性之恶：每天晚上都有人在药房走来走去，有需要酒精的酒鬼，有吸毒者……日常的平静与黑夜中的骚动、日常的舒适与有需求时的紧迫形成鲜明的对比，格里什科维茨以药店工作人员这一类似治病救人的医生一样的从业人员的夜间工作状态审视社会，道出了黑夜中的骚动，以安德烈埋葬宠物这样的情节揭示当下社会运转所常常掩盖的，或者说被人们忽视的生存法则的残忍之处。可以说，格里什科维茨对日常生活的把脉，诊断出了社会伦理秩序的深层疾病。

20世纪80年代，拉斯普京的《火灾》、阿斯塔菲耶夫的《悲伤的侦探》和艾特玛托夫的《断头台》三部标志性现实主义小说打破了苏联文学反映现实生活的禁忌，诊断社会伦理秩序的深层疾病。这三位作家及其作品对俄罗斯新现实主义创作有着深刻的影响。如《悲伤的侦探》以警察的视角诊断社会疾苦。该小说中的男主人公索什宁警官在荣休后将曾经目睹的种种骇人听闻的犯罪事实化为创作的素材和内容，揭示出当时社会中严重的刑事犯罪、迷乱的精神世界。小说中，具有社会公正评判能力的警官介入到社会伦理秩序之中，诊断社会伦理秩序的无序之所在——“个体本能意志已经成为苏联当代青年现实生存的原始形态和行为道德的基本取向，恶已经成为一种普遍的社会存在”①。

先钦的长篇小说《叶尔特舍夫一家》中的男主人公叶尔特舍夫的身份也是警察。从中士升到上尉，叶尔特舍夫经历了国家繁难、忙乱而又充满转折的时期，“他在观察、权衡、估量，不相信生活的进程会被完全打乱”②。他见证了身边人“靠着嗓子和拳头，就着白兰地

① 张建华，张朝意. 当代外国文学纪事：1980—2000（俄罗斯卷）. 北京：商务印书馆，2016：716.

② 先钦. 叶尔特舍夫一家. 张俊翔，译. 哈尔滨：黑龙江大学出版社，2014：2.

便能开创事业、做生意”[①]，也目睹了许多人死于非命或锒铛入狱，还有一些则成了胜利者。这种对比使得他心生愤懑。虽为醒酒所管理员，他阅人无数，看穿了夜行百态，“有脏兮兮的，也有干净的；有烂醉如泥的，也有看上去挺清醒的；有挑衅滋事的，也有悄无声息的”[②]，然而他期盼的却是成为“喝得烂醉、衣兜里塞满钱的富豪”[③]，关注的是这个晚上已经有了多少进账，盼着能出现点意外之喜。叶尔特舍夫对醉酒夜行人的冷漠甚至残忍，他在乡下对姨妈、邻居、儿子的不满以及后来的直接、间接的伤害，都与他警察的身份不符，甚至是背离，最终造成了伦理混乱。正如聂珍钊在《文学伦理学批评：基本理论与术语》一文中所分析的那样，伦理混乱往往变为理性的缺乏以及对禁忌的漠视或破坏。[④]从一定意义上来说，叶尔特舍夫的生活是《悲伤的侦探》中男主人公索什宁曾书写过、思索过的打破伦理常规的某个案件的接续。或许作者先钦给叶尔特舍夫设定警察这一身份正如他的《泄洪区》是与拉斯普京的《告别马焦拉》的对话一样，也是在与阿斯塔菲耶夫的《悲伤的侦探》的对话。不过，我们发现，在2000年以来的当下，小说人物叶尔特舍夫的警察身份已经不足以帮助人物自身找到对善恶的评判标准，更无力重建社会的伦理秩序，也无法让叶尔特舍夫将警察的故事演绎成关于人的故事。

俄罗斯文学白银时期著名思想家布尔加科夫认为，警察制度培养了人们独特的精神贵族的气质，特别是对于有着英雄梦的知识分子来说，“在俄国知识分子英雄主义的心理中，警察制度的影响是如此之多；这种影响不仅施加于人的外部命运，而且还施加于他们的心

① 先钦. 叶尔特舍夫一家. 张俊翔，译. 哈尔滨：黑龙江大学出版社，2014：3.
② 先钦. 叶尔特舍夫一家. 张俊翔，译. 哈尔滨：黑龙江大学出版社，2014：11.
③ 先钦. 叶尔特舍夫一家. 张俊翔，译. 哈尔滨：黑龙江大学出版社，2014：4.
④ 聂珍钊. 文学伦理学批评：基本理论与术语. 外国文学研究，2010（1）：21.

灵、他们的世界观，并且这种影响又是如此之深刻”[①]。“作为英雄的知识分子并不满足于劳动者的卑微角色（甚至在他不得不局限于此的时候），他幻想成为全人类的救赎者，或者至少是俄国民众的救赎者。他所必需的（当然是在幻想中）……是英雄主义的灵魂，因为英雄从不会在区区小事上达成和解……他的目光只是聚焦于历史视界边缘的亮点之上。这种极端主义具有思想抑制和自我催眠的征候，它束缚思想，产生狂热的情绪，并且对生活的声音置若罔闻。”[②]“我们的知识阶层几乎人人都崇尚集体主义，崇尚人类生存整体的可能。根据自身的构成，他们却具有某种反整体、反集体的特性，因为在他们身上经常存在着英雄自我确认的离散因素。在一定程度上，英雄是超人，在对待自己周围人的态度方面，他们摆出救赎者高不可攀、颐指气使的姿态。”[③]

斯拉夫尼科娃在小说《跳远》中对20世纪的“英雄救赎者”的可能性进行了挑战，并且通过这部小说质疑了英雄救赎是社会伦理秩序基础的命题。该小说中的男主人公是前途一片光明的田径运动员奥列格·韦杰尔尼科夫。参加欧洲田径锦标赛比赛在即，他在马路上看到玩球的小男孩即将被飞驰而来的汽车撞倒，他下意识地跳过去救下小男孩，自己却因这场意外失去了双腿。此后，奥列格的生活与他救下的小男孩热尼亚的生活几乎没有交集，直到若干年后身残志坚的女子基拉建议拍摄奥列格救热尼亚的英雄事迹。两位男士的相聚不是热尼亚感激奥列格，也不是奥列格欣慰救过的孩子已长大成人，而是以敌意相对。

---

① 布尔加科夫. 英雄主义与自我牺牲//基斯嘉柯夫斯基，等. 路标集. 彭甄，曾予平，译. 昆明：云南人民出版社，1999：35.

② 布尔加科夫. 英雄主义与自我牺牲//基斯嘉柯夫斯基，等. 路标集. 彭甄，曾予平，译. 昆明：云南人民出版社，1999：35-36.

③ 布尔加科夫. 英雄主义与自我牺牲//基斯嘉柯夫斯基，等. 路标集. 彭甄，曾予平，译. 昆明：云南人民出版社，1999：37.

在小说的开端，这件事虽然已经过去 14 年了，不过奥列格依旧无法接受失去双腿、失去跳远事业的事实，他一直生活在悔恨之中：曾经身高 182 厘米，而“他现在几乎没有身高”[①]，他因为救邻居家的孩子热尼亚而悔恨不已。在小说中，这种悔恨的程度被类比为“或许，没有任何一位罪人为自己的杀人行为而如此悔恨过”[②]。

“他，奥列格，完全不希望如此。他们 [访客] 总是让医院的病房里充满了他们令人窒息的身影，在医生巡视病房的时候，一个胖胖的、面带油光的官员带着一枚奖章和一束令人愉快的康乃馨出现在病房里，他说的每一句话都是胡说八道。韦杰尔尼科夫不是什么英雄，也没有做出什么壮举。他出了意外：他的双腿被截掉了……”[③]

奥列格最初的悔恨是因为被截去的双腿无法再生，而随着时间的推移，他逐渐意识到，假肢远远不是致命一跳的主要后果，他救下的热尼亚才是。热尼亚“这个灵长类动物的价值就像一个肿瘤一样不断增长——在其平庸中坚不可摧，不时为善良的、手无寸铁的人提供致命的考验”[④]，他的生活没有给自己带来任何损失，却危及了周围许多人的性命，毁了许多人的生活。

热尼亚的存在迫使奥列格参与拍摄关于他救人壮举的纪录片。奥列格之所以同意是因为他爱上了为电影拍摄提供资助的慈善基金负责人、同为残疾人的基拉（她只有一条腿）。奥列格在了解了热尼亚为周围人制造了许多致命麻烦的情况之后，下定决心要杀死热尼亚。

作者斯拉夫尼科娃所设定的社会秩序悖论正是在于，奥列格在去实施这样一个杀死他所拯救过的人的过程中，才发现自己破碎的

---

① Славникова О. Прыжок в длину. М.: АСТ, 2018: 5.

② Славникова О. Прыжок в длину. М.: АСТ, 2018: 10.

③ Славникова О. Прыжок в длину. М.: АСТ, 2018: 12.

④ Славникова О. Прыжок в длину. М.: АСТ, 2018: 394.

生活重新具有了意义。下意识的一个善举换来的不是被拯救之人热尼亚的感激、对生命的珍惜、对回报社会的热切，而是热尼亚不断地向社会索取，不断地打破社会秩序，而使得奥列格几乎付出生命的拯救又变成了亲手毁灭掉热尼亚。换句话说，原本在奥列格可以不付出失去双腿、失去体育生涯的代价之前就会有的一个结果——年少的热尼亚因在马路上玩球而出车祸，却在奥列格几乎付出全部生活的代价，许多人因热尼亚也几乎失去性命之后，由原本实施善行的奥列格再来实施一个恶行才能再次达到这个结果——结束热尼亚的性命。生活秩序的混乱、社会伦理秩序的错位可见一斑。

别尔嘉耶夫在《俄罗斯思想》中曾强调：俄罗斯的主旋律将不是现代文化的创造，而是更好的生活的创造，俄罗斯文学将带有比世界全部文学更多的道德特点。[①] 俄罗斯新现实主义文学努力将道德命题放置在作品中，并试图克服道德命题完全的自我表达，寻找共同的情感空间，寻找每个人参与及介入公共伦理空间的可能。可以说，新现实主义试图证明文学是精神意识的经典形式，具有重构生活意义的能力，新现实主义小说家们则用文学创作的行动参与改造社会，从而重构社会伦理秩序。

当代俄罗斯文坛颇受评论家关注的作家沃达拉兹金在他的小说《飞行员》[②] 中也试图为厘清社会秩序提供自己的思考维度，该作品的特别之处是从整个世纪的社会问题出发进行探讨。男主人公普拉东诺夫是出生于 1900 年的“20 世纪同龄人”，父亲是圣彼得堡的一名律师，1917 年被醉酒的水手杀害。1921 年，普拉东诺夫和母亲被彼得格勒委员会安顿到神学院教授沃罗宁的住宅里，一同被安排进来

---

① 别尔嘉耶夫. 俄罗斯思想：19 世纪至 20 世纪初俄罗斯思想的主要问题. 修订译本. 雷永生，邱守娟，译. 北京：生活·读书·新知三联书店，2004：24.

② Uutiset K. Писатель надежды и смерти верит в добро. (2019-01-26)[2022-12-01]. https://news.rambler.ru/other/41622811-kansan-uutiset-finlyandiya-pisatel-nadezhdy-i-smerti-verit-v-dobro/?ysclid=lxrim9rr0517339838.

的还有在香肠厂工作的无产者扎列茨基。普拉东诺夫此时是艺术系大学生，他心爱的姑娘正是沃罗宁教授的女儿阿纳斯塔西娅。在被扎列茨基告密后，沃罗宁教授被捕，死在狱中，扎列茨基也莫名其妙地死去了。普拉东诺夫被怀疑是扎列茨基死亡事件的凶手而遭到严刑拷问，并于 1923 年被送入索洛维茨基群岛集中营。他所亲历、目睹的非人的残酷日常，让他在 9 年之后毅然决然地选择成为 1932 年冷冻实验的志愿者。随着政局动荡，这些被冷冻的志愿者早已被人们遗忘，直到 1999 年普拉东诺夫才被解冻，苏醒了过来，他成了新世纪的见证者，只是依然是 32 岁的模样和心智。

小说中，普拉东诺夫苏醒后一直思索着他的“复活”不是无缘无故的，那么多冷冻志愿者只有他真正苏醒了过来，这必定有原因。随着往事记忆的拼接，我们了解到，的确是他杀死了告密者扎列茨基，他行凶的武器是父亲当年大学法律系毕业时所获得的司法女神忒弥斯的小雕像。当年扎列茨基告密陷害了沃罗宁教授，还不断地威胁阿纳斯塔西娅和他。普拉东诺夫在多次尾随扎列茨基之后采取了行动。在那个特殊时期，普拉东诺夫为了保护心爱之人，为了捍卫正义不得已采取了暴力。不过，他没有觉得自己所做的是正义之举，这也是为什么他坦然接受集中营的苦难。他在苏醒之后，试图用日记、图画回忆往事，也时刻提醒自己“复活”是来请求世间原谅的。

作为 20 世纪动荡的前半叶的经历者，普拉东诺夫试图在 21 世纪的当下现身说法，让人们对个体的责任、个体的善恶重新评估。在苏醒后，他理性地回忆了父亲的离世、沃罗宁教授的遇害、自己在集中营所受到的非人折磨，然而他却没有诅咒时局，也不再仇视对他或者他心爱之人施加暴力的个人。他曾将 20 世纪初的巨变要素概述为两个：社会大众的准备就绪和领头人物的出现。[①] 小说中还提到他在接受采访时，有人开玩笑般地提问，祖国在他看来是不是类似有限责任公司。普拉东诺夫却严肃地回答，祖国的有限责任并没有丝毫坏处，每个人都应该对自己负责，只有个人的责任才可能是无限的。他还补充说将自己的不幸责怪到国家头上是毫无意义的，责怪历史也毫无意义，只能责怪自己。[②]

沃达拉兹金借小说《飞行员》试图柔和地将他立体的历史观呈现给当下，并且试图说服当下抱怨祖国、抱怨历史的人们，希望他们放下怨恨，心存善意地活着，善待身边的一切。沃达拉兹金本人在接受采访谈及他的第一部小说，也是成名作的《拉夫尔》时曾说："本书讲述的不是中世纪，而是我们的时代。"[③] 他的第二部重要小说《飞行员》更是在讲述当下我们的时代，重构我们时代所应有的社会伦理秩序之基——每个人的善、每个人的责任感。

普拉东诺夫自苏醒后不断地写日记，回忆曾经的生活，记录当下的经历。而在记录当中，他带着爱意记录了日常的所有细节，有烟火气息，有绚丽色彩，而几乎没有历史书中记载的大事件，正如他自己所说的，他在"编写重新建构世界的草案"[④]。

> 曾有流行杂志跟我约稿，想让我写一写1919年的彼得堡。我立刻提醒杂志社，我要写的不是关于事件的，甚至都不是关于人的——关于这些没有我所有人也都清楚了。我关心的是最琐碎的日常，那些当代人觉得最明了、最不值得关注的事情。恰恰是这些细节伴随着所有事件而后

---

① Водолазкин Е. Авиатор. М.: АСТ: 2016, 244.

② Водолазкин Е. Авиатор. М.: АСТ: 2016, 253.

③ Лученко К., Водолазкин Е. Евгений Водолазкин: человек в центре литературы. [2022-12-01]. https://www.pravmir.ru/chelovek-v-centre-literatury/.

④ Водолазкин Е. Авиатор. М.: АСТ: 2016, 277.

消失了，它们并没有被任何人记录下来——似乎所有的一切都发生在真空里……这些事件就像在岩石中留下来的贝壳——有上亿颗。它们曾经是生活在海洋里的贝壳。我们知道它们长什么样，但是我们却想象不出它们自然的生活，在岩石之外的——在水中的，在被史前太阳照射的摇摆荡漾的海藻之间的生活。①

莫斯科大学的克罗托娃教授提到，沃达拉兹金在作品中多采用时间杂糅法，克服具体历史时代的制约，走向超脱时间的存在而进行普适性探索。② 小说中借助相对的未来，来丰富现在和过去，将过去与现在的社会生活中所特有的那种物质性、坚实性、实在的分量呈现出来，将社会伦理秩序这一抽象的概念具体化为每个人的历史观与生活观。从某种程度上来说，这样的世界秩序的重构是对现代人的个人事件连续体和历史连续性的修复。③

俄罗斯新现实主义小说以当下为着眼点，将人物的生活场景设定在较长的时间跨度中，借此解构了历史线性发展的后现代主义创作带来的冲击，弥合时间连续性的断裂④，为社会伦理秩序的重构提供可能。小说在挖掘社会伦理秩序的紊乱问题、提出重构社会伦理秩序方案、论争伦理秩序中的道德问题等方面，采用了多元的故事建构方式，这在很大程度上体现了新现实主义艺术评价的含混性，延展了新现实主义小说的艺术空间。

---

① Водолазкин Е. Авиатор. М.: АСТ: 2016, 196.

② 详见：克罗托娃. 当代俄罗斯文学中的新现代主义思潮. 李新梅，译. 俄罗斯文艺，2022（1）：79-80.

③ 有学者曾提到，当代小说叙事中，往往出现历史连续性和时间连续性被打破、记忆和传统消失、个人的事件连续体破碎、作为时间连续性和时间统一性的结果的个人身份变得暧昧不明的情况。详见：耿占春. 叙事美学. 海口：海南出版社，2008：317.

④ 耿占春. 叙事美学. 海口：南方出版社，2008：317.

第五章
俄罗斯新现实主义小说的艺术特征

在21世纪之初，俄罗斯社会转型进入平稳期，冲淡了后现代主义梦魇之语的影响，重新赋予文学以社会建构的使命的呼声越来越高。现实主义创作以其与生俱来的社会感召力的优势成为文学自觉性的发展方向，吸纳了不同流派创作方法和技巧的新现实主义小说则成了文坛的焦点。

日益明显的历史进程的普遍加速促使艺术更积极地了解与思索世界上所发生的变化及其对现在和未来人类的意义，并确定艺术对不可抗拒的生活需求，以及在最确切而明白无误的意义上来理解的"现实性"这个词的态度。[①] 艺术上的假定性，鲜活的现实主义的集中、怪诞、夸张、幻想形象，正像再现实际生活面貌的具体生动的描绘一样，都是实现现实主义的合法手段。[②] 当代俄罗斯诗人卡里宁创作了以《现实主义》为题的诗作，把新时期的现实与真实、生活与创作以一种特别的形式呈现了出来："我很欣赏那些故事的现实主义——它们太美妙了，不可能是真的；而它们又太过于现实了，不可能是虚

① 苏契科夫．关于现实主义的争论．胡越，译//加洛蒂．论无边的现实主义．2版．吴岳添，译．天津：百花文艺出版社，2008：241.

② 苏契科夫．关于现实主义的争论．胡越，译//加洛蒂．论无边的现实主义．2版．吴岳添，译．天津：百花文艺出版社，2008：268.

构的。”[①] 新现实主义创作方法的最重要特点之一是善于观察并表达生活的运动和历史的运动。

美国著名文学理论家和文化批评家詹姆逊在对现实主义、现代主义和后现代主义的特征进行分析时指出，现实主义所描写的是社会关系中的特定对象，而现代主义和后现代主义则转向更加抽象的存在。[②] 具体地说，理解现实主义非常重要的内容或主题要素是金钱，不仅因为金钱是现实主义直接表现的对象，而且因为金钱是市场经济的动力，决定了人们的生活方式，从而成为现实主义故事和叙事形式的来源。而现代主义中最关键的是时间，在现代主义作品中对往昔、对记忆的深沉感受是一种新的历史经验的产物，这种时间感所表达的内在经验和心理体验与物化了的生存状态有关。

文学发展过程中的现代主义、后现代主义等思潮，在很大程度上改变了人们的观察方式，改变了文学阅读与文学欣赏的习惯，也潜移默化地改变了新现实主义小说作家们的创作。

俄罗斯文学的现实主义传统非常强大，俄罗斯的社会生活中需要提出和回答的问题特别多且迫切。新现实主义小说则继承了俄罗斯现实主义和后现代主义文学传统，以普通小人物为其社会观察的支点，展现了小人物在社会转型期的生活艰辛。与此同时，作家们又提供给主人公前所未有的空间流动可能性，让其行走在都市各角落、乡村小院，甚至游历俄罗斯国内外。然而，价值观的错位、生活方向的迷茫始终困扰着作品主人公，进而成为推动小说情节发展的主线。在本章中，我们将具体分析俄罗斯新现实主义小说创作中的艺术特征。

---

① Калинин М. Реализм. [2022-12-01]. https://magazines.gorky.media/arion/2017/3/201150.html.

② 詹明信. 现实主义、现代主义、后现代主义. 行远，译. 文艺研究，1986（3）：123-133.

第一节　社会化的自传式书写

俄罗斯新现实主义小说的创作者多选择与现实世界相符的时空坐标进行自传式书写，构建一个与自己生活相似的时空体。在具体书写过程中，作家积极地借助回忆和自己的生活经验，以现实来否定虚无化，同时在一定程度上也用现实来否定理性化，让我们看到真切地能够代表现实生活的人物。同时新现实主义小说的故事时空与现实时空保持了一定的距离，作家在书写中剖析自己与生活，解析自己所属的一代人特有的生活轨迹。

沙尔古诺夫的成名作之一《乌拉》创作于 2003 年，主人公谢尔盖与作者沙尔古诺夫本人同名，20 岁的年龄也与作者创作时的年龄相仿。在经历了祖国的转型和日常的无序悲剧之后，谢尔盖不顾一切地选择了青春灿烂的“乌拉”攻击方式。①

“乌拉”是俄语音译词，在俄语里没有具体含义，通常用作表达强烈情感，常用在冲锋陷阵时表示“冲啊，前进！”，或用在庆祝胜利时表示“万岁！”。在小说的“外语”一节中，谢尔盖和好友阿列克谢假装成美国人，说着英语进入酒吧，“这样，姑娘们会对我们感兴趣，就连警察也会敬我们几分”。由此，作者将年少时的张狂以及对国人崇洋媚外的不满表达出来。在“我的正面人物”一节中，吊儿郎当的谢尔盖突然下决心要对现实中的卑鄙、人性的恶与背叛等做出回应，把生活变成一个“乌拉”！他的具体行动便是向自己“开炮”——“把啤酒吐出来，把香烟弄碎！”“早晨—哑铃—慢跑！”②在这些不同寻常的章节标题中，在这一个个日常行动中，我们感受到谢尔盖的身体得到张扬，洗心革面的“乌拉”便是从自我改造开始的。在如此天真单纯的自我约束的背后隐藏着改变世界的真诚愿望，

① Шаргунов С. Ура. (2012-03-19)[2022-12-01]. https://shargunov.com/ura.html.

② Шаргунов С. Ура. (2012-03-19)[2022-12-01]. https://shargunov.com/ura.html.

换句话说，“乌拉”是呼唤内心世界的自我，借此对没有响应性的世界进行抗议。后现代主义曾将物质性的身体当作解构现代性宏大叙事和启蒙理性、反抗权力和专制的一把利剑。① 经历过后现代主义并且与之争夺话语的新现实主义作家在小说中也化用身体话语来反抗现实中的种种无奈。

“事实上，从童年起，我就产生了对权力的渴望。我英勇地全身收缩，肌肉变得如石头一般坚硬，而脸上的皮肤则伸展开来，他——我内心的乌拉日采夫出现了！我就是他，我想成为他！”② 主人公谢尔盖的姓氏乌拉日采夫，也是源自小说的标题《乌拉》。作者还解释了这一个从他小时候起就让他记忆深刻的声音：“它是简约之谜，是一股能量……无法勾除，是一种本能的声音，其中蕴含着生活的魔力……一喊，立刻震耳欲聋，血脉偾张，心跳加速！”③ 这是青春的欢呼，这是爆发的力量，更是改变生活的宣言：“从生活中夺走一切……有必要放慢你的意志，把你的生活变成一个‘乌拉’！万岁——自己的命运！”④

在这里，我们可以感受到一种不同于苏联时期积极进取的青年人的思想转向，那便是主人公的成长使命从外部世界转向内心世界。这是一种生活的热情，这是一种生活的愤怒，这是一种奋斗后的狂欢，这是一种积极姿态的宣言。侯玮红是《乌拉》的译者，同时也是研究者，她指出可以将该作品看作作者真实生活的写照。⑤

先钦曾这样评价新现实主义作家的创作：年轻作家并不是在文体

---

① 张金凤. 身体. 北京：外语教学与研究出版社，2019：5.

② Шаргунов С. Ура. (2012-03-19)[2022-12-01]. https://shargunov.com/ura.html.

③ 沙尔古诺夫. 乌拉//鲍加特廖娃，等. 回到伊萨卡. 侯玮红，译. 成都：四川人民出版社，2017：329.

④ Шаргунов С. Ура. (2012-03-19)[2022-12-01]. https://shargunov.com/ura.html.

⑤ 沙尔古诺夫. 乌拉//鲍加特廖娃，等. 回到伊萨卡. 侯玮红，译. 成都：四川人民出版社，2017：代序 19.

上进行探索，有时他们甚至只是在进行简单的叙述。而这种鲜活性恰恰触动了读者，以真诚征服了读者。[①] 在大多数情况下，这些作家都牢牢地（或者说紧紧地）依附于一个在年龄、人生观和世界观方面与自己非常相似的小说人物，他们很难彻底地沉浸在“别人的生活”中，远离自身经历的自传基础。[②] 年轻作家的创作优势在于他们身上具有青年人的能量，他们书写的主题多是青年人的生活。“我们活着！我们是不同的！”这种呼喊既是文学现象，又是代际现象。[③] 作家们努力在作品中分享自己的个人经历和情绪、生活经验的点滴、内心世界的丰富多彩等。[④]

如果说小说《乌拉》是青年人发出的一声呐喊、敲响的一次警钟，那么沙尔古诺夫于2018年创作的《自己人》则是对许多和自己一样的同龄人的书写，甚至是对与他志同道合之人的行动呼吁。其中一章以这样的话开头，这并非偶然：“我想写一本书，名为《我为每个人感到难过》。”而付梓之时，他却写就了《自己人》，他并没有保持一定距离来冷观生活中遇到的形形色色的人，而是把唤醒大家对生活的希望当作自己的职责。在《自己人》的序言中，沙尔古诺夫这样写道：“记忆是非常奇怪的，这是一本关于记忆及其悖论的书；生活和命运真是神奇，它们以随机电闪的形式控制时间，复活离去的人，让希望不朽。”[⑤] 在这部作品中，青年人个人的迷茫与痛苦不再，让世界变得更美好的愿望仍然存在。普里列平评价说，沙尔古

① Сенчин Р. Свечение на болоте. [2022-12-01]. https://znamlit.ru/publication.php?id=2659.

② Сенчин Р. Рассыпанная мозаика. [2022-12-01]. https://magazines.gorky.media/continent/2006/130/rassypannaya-mozaika.html.

③ Антоничева М. О тенденциозности в литературной критике. [2022-12-01]. https://magazines.gorky.media/continent/2006/128/o-tendenczioznosti-v-literaturnoj-kritike.html.

④ Колесников Д. В защиту нового реализма. (2010-08-20) [2022-12-01]. http://old.litrossia.ru/2010/34-35/05521.html.

⑤ Шаргунов С. Свои. (2020-01-22)[2022-12-01]. https://shargunov. com/svoi.html.

诺夫似乎成功地把自己带入了历史，带入了文学，带入了政治，带入了生活。[①] 先钦也曾提到："作家不可能长期只用自己的人生经历，来描述或呈现自己的人生道路。"[②] 新现实主义作家在创作中加入了更为广阔的社会场景，正是试图将自己的经历与更为多面的社会联系在一起，让个体与集体联系在了一起。

沙尔古诺夫的小说《一本没有照片的书》则再次拓展了自传的辐射面，将其变成同时代人的"传记画廊"，这部作品可以说是一系列散文的集合——关于"改革时期"童年的回忆录：一个叛逆的青年通过示威的扩音器传递着青春的呼唤，还有他曾在媒体工作，也曾真正地站在权力之石上的经历，等等。毕业于莫斯科国立大学新闻系的沙尔古诺夫曾担任俄罗斯国家杜马助理，还曾作为记者前往车臣和南奥塞梯，也曾参加国家杜马议员的竞选。这部作品是一个关于他自己的苦涩、骄傲的成长故事，同时也有他在车臣，以及在战争中的采风内容。

评论家邦达连科看完此书时开了一句玩笑：从第一行起就不能相信这个作家，沙尔古诺夫的这部新作并不是"没有照片"！[③] 这本书的封面便是一张巨大的、正面的照片——一个年轻的成功作家的宣传照。"读了大约四分之一后，我很恼火，在书页边缘空白处潦草地批注：'不能再诚实了'。而后我意识到，这是现代作家在信息饱和的世界中的生存之道"。[④]

鲍德里亚曾提出，超现实就像是通过另一种如摄影这样的再生

---

① Прилепин З. Именины сердца: разговоры с русской литературой. М.: АСТ. 2009: 144.

② Сенчин Р. Рассыпанная мозаика. [2022-12-01]. https://magazines.gorky.media/continent/2006/130/rassypannaya-mozaika.html.

③ Бондаренко В. Сергей Шаргунов：книга без фотографий. [2022-12-01].https://magazines.gorky.media/znamia/2012/2/sergej-shargunov-kniga-bez-fotografij.html.

④ Бондаренко В. Сергей Шаргунов：книга без фотографий. [2022-12-01]. https://magazines.gorky.media/znamia/2012/2/sergej-shargunov-kniga-bez-fotografij.html.

产媒介对现实的精密复制，它显得比再现的现实还要真实，具有了完全属于自己的力量和价值。[①] 正是在从媒介到媒介的过程中，现实挥发了，但在某种意义上，它也通过自身的灭亡得到了强化。当照片成为小说故事人物描述的对象时，照片里所定格的往事得以强化，照片里所定格的瞬间进而变得更加真实。

列米佐娃在《主人公的第一人称》一文中曾指出，作家过于专注于自己，仅仅书写自己的感受，仅仅为了自己而书写，这是文学危机之所在；作家需要克服这种思想，应该不时地环顾四周，凭借经验理解周围世界的客观规律。[②] 沙尔古诺夫在《乌拉》《自己人》和《一本没有照片的书》等作品中所尝试的便是从个人的现实到环顾四周。有文学评论家曾说，俄罗斯新现实主义文学如果被看作一个文学流派的话，它是空洞的，甚至只能给人留下"青年人的运动"这样的印象。然而，该流派的代表作家已然成了新时期俄罗斯文学进程中的杰出人物了。[③] 虽然这些青年作家对现实的探索并非深思熟虑之后的行动，但是他们"渗透到了人性的深度，摸索到了我们社会在新的历史条件下面临的关键问题"[④]。

以自己对现实的探索为内容而进行创作的还有前文中曾提到的作家鲁巴诺夫。他的另一个身份是商人，因此在创作中他以企业家传记见长。他的第一部小说名为《种下去，它自会生长》，书中讲述

---

① 详见：沃尔夫莱. 批评关键词：文学与文化理论. 陈永国，译. 北京：北京大学出版社，2015：114.

② 详见：Ремизова М. Первое лицо главного героя. [2022-12-01]. https://magazines.gorky.media/continent/2011/150/pervoe-liczo-glavnogo-geroya-2.html.

③ Татаренко Ю. Личность в литературном процессе: беседа с писателем А. (2020-10-28)[2022-12-01]. https://belprost.ru/articles/litprotsess/2020-10-28/10-2020-yuriy-tatarenko-lichnost-v-literaturnom-protsesse-beseda-s-pisatelem-a-timofeevym-145663.

④ 详见：Роль критики в современной литературе (Круглый стол на Форуме молодых писателей). [2022-12-01]. https://voplit.ru/article/rol-kritiki-v-sovremennoj-literature-kruglyj-stol-na-forume-molodyh-pisatelej/.

了与作者本人同名同姓的年轻企业家谢尔盖·鲁巴诺夫因涉嫌欺诈而被监禁的故事。在俄罗斯，监狱这一话题因20世纪集中营小说的出现而成为一个重要的文化命题，关于监狱、劳改营等已有许多经典作品面世。鲁巴诺夫则设法在关于监狱的创作中书写新的一页，将986天的牢狱经历变成了英雄成长记。

鲁巴诺夫在其后来的创作中继续书写企业家的故事，其在2009年出版的小说《请准备战斗》中讲述了企业家谢尔盖·兹纳耶夫的故事。兹纳耶夫既爱读书又练就了一身功夫，他非常绅士，同时又像电影明星一样高调，喝着名酒开着跑车，既可以跟大学教授谈笑风生，又可以摆平警察和土匪。兹纳耶夫不断检测自己的能力，例如，每天都潜入游泳池，并试图在水中停留比前一天更长的时间，或者将房子装修成没有一把椅子的空间。“为什么需要坐下呢？只有闲人才坐着。在家里，你要么行动，即你走路，或者你已经躺下睡觉了。”① 这样一位成功人士在追求财富的路上却失去了妻子、朋友，也迷失了自我，他的身边只剩下了合作伙伴、赞助商、顾客，还有他图谋发战争财的商业计划。兹纳耶夫的生活在2017年出版的小说《爱国者》中继续，他在48岁时遭遇了严重的中年危机：他的生意无法继续开展，他的收藏品被贱卖给收藏家，他的豪车被拖走抵债，他的妻子离他而去；此外，他的面部因在战斗中受过重伤而持续作痛，他离开药物就不能正常生活。这些经历如雪山崩塌一般让他对生活彻底失望，而此时他觉得自己的一线生机在于“我要去透透气。到一个城市……与乌克兰的边境”②。他便将出发去顿巴斯地区的决定告诉了所有人。他一直为此做着准备，也遇到了大家的赞赏、惊讶、同情、劝阻等。

---

① 详见：Рубанов А. Готовиться к войне. [2022-12-01]. https://www. litmir. me/br/?b=266436&p=1.

② Рубанов А. Патриот. М.: АСТ, 2017: 66.

在小说《爱国者》中，英雄似乎终于找到了其超人能力的用武之地，就是去边境，离战争近一些的地方。电视屏幕上、新闻报道中，战争无处不在。而他无处可去，离战争近一些才是他的归宿，但已48岁的他加入战斗为时已晚。这是企业家的中年困惑，在很大程度上也是鲁巴诺夫对社会的思考。鲁巴诺夫是俄罗斯文坛具有知识分子、囚徒和商人三重身份的作家，他在很大程度上试图用企业家的传记故事来建构新视角下的伦理秩序，这与波利亚科夫的《堕落者的天堂》有着主题和建构上的相似。《堕落者的天堂》以俄罗斯航空基金会总裁沙尔曼诺夫的自述，讲述他凭借卓越的经商才干和政治智慧在物欲横流的社会中脱颖而出成为大赢家，而最后难逃资本戕害，最终遭遇谋杀的厄运。评论家鲁达廖夫曾指出，“俄罗斯主义”的概念对于“新现实主义”非常重要，“新现实主义”的出现是国家对不被民众认可的真正危险的防御反应之一：“正是心脏上的这个伤疤在流血，期待着新的动荡，新现实主义感受到伤疤愈合受到明显的阻力，接缝处愈合的力量逐渐被抹去。俄罗斯主义所推崇的国家概念日益变成一个毫无意义的隐喻。”①

在瓦尔拉莫夫2018年出版的《我的宝贝帕维尔》中，小说主人公帕维尔在莫斯科大学读书时正值20世纪80年代的社会变革。瓦尔拉莫夫在介绍该作品时曾说，小说里的时间只是1980年的一个月。当时是勃列日涅夫时代，是其亲历的岁月。虽然瓦尔拉莫夫没有见证20世纪50年代末赫鲁晓夫提出1980年苏联基本建成共产主义的历史时刻，但是1980年这样一个时间节点却印刻在瓦尔拉莫夫和小说主人公帕维尔的心里。帕维尔所见证的是1980年在莫斯科举办的夏季奥运会，但这一盛事却无法掩盖人们对期待已久的共产主义并没有到来的失落。“如果当时说苏联在10年后就将解体了，人

① 转引自：Калита И. Дело о «новом реализме». [2022-12-01]. https://voplit.ru/article/delo-o-novom-realizme/?ysclid=l1iy24w7g.

们也不会相信。这是一个特殊的时代，是不同时代的中间点，所以，我想呈现这个时代的思想状况。”①

可以说，上述列举的作品多带有明显的自传性色彩，作家们为其主人公设立了与自己相同的政治理念，进而勾画了相对于其他作家作品来说较多的政治活动场景，如民主集会、政治宣讲等。不过，主人公形象的设置并不是单纯的政论思想的实验合成，而是刻意设置了与苏联经典现实主义作品类似的人物、场景，在历史洪流中去理解当下俄罗斯的境遇，在创作中将自传体、个人化事件与历史宏大事件糅合在一起。

除了将自己的身份和经历附载在作品情节中，还有些新现实主义作家在现实生活中采取了行动。如普里列平《萨尼卡》中的男主人公萨尼卡加入了党派组织，到处参加集会暴动，还收拾了坏人，而作家本人则参加过特种部队，打过仗。

又如沙尔古诺夫从参选议员到成为议员的事件乍看出人意料，颠覆了通常意义上的作家形象，不过正如他本人所坦言的那样，“至于我与国家杜马的故事，我曾经向自己承诺在当议员的同时保持自己是一个正常人”②。沙尔古诺夫是一个关注现实并努力改变现实的作家，他写作的目的是履行这一职责。对于他来说，选择叠加议员的身份与写作一样也是为了改变现实，试图让人们看到议员的确是为民服务，的确是想改变现实中不合理的地方。

正如高尔基在《俄国文学史》中所总结的那样，俄国文学描写知识分子的作品多带有自传性，打上了包括作家本人在内的一代知识分子的生活、命运和精神的印迹，构成了一整部俄国知识分子心路

---

① 李行.“我不想回到过去，现在这种状态更有利于作家的表达”. [2022-12-01]. https://baijiahao.baidu.com/s?id=1647365203089876078&wfr=spider&for=pc.

② Кульгавчук М. Путь к своим: Сергей Шаргунов. [2022-12-01]. https://voplit.ru/2020/08/18/put-k-svoim-sergej-shargunov/.

历程的形象化历史。[①]这种自传式书写受到了“异样文学”的明显影响。当时的作品多采用讽刺、夸张、荒诞、变形的方式表达严肃的社会主题，“是一个关于俄罗斯历史的当代寓言”[②]。叙事视角不再是无所不知、无处不在的第三人称，而是通过一个叙事声音与一个特定的读者进行对话，使用文学的写实主义和新闻纪实性的常规，同时公开承认其视点带有局限性、即时性和个人色彩。[③]

20 世纪 90 年代以来的小说创作进入了一种相对主义的风格，价值取向上出现了重大转折，呈现出创作思想、艺术意识的多元化态势；作家在艺术手法、体裁样式、诗学风格等审美形式的探索和追求上表现出高度的开放性，文学创作呈现出多样、多变的特点；作家主体性、独立性高扬，自我价值感和高度个性化的色彩凸显。[④]这被新现实主义小说所吸收，并在创作中加以使用。新现实主义小说偏向自传式书写，整个小说结构中心是作者个性的自由展开，通过小说中的“我”来重建世界的原则，通过“我”的生活轨迹来反映现代人的心理和存在状态，因而人物具有典型性，同时又具有原创性。主人公并不想将整个世界都纳入自己的视野，而是努力用自己的主观意识、身体、感觉和思想去填补虚空和混沌。形象建构本身提供了艺术评价的含混性，世界形象的建构成了对话的平台和产物。

21 世纪以来，逐步发展的新现实主义小说定位于冲淡后现代主义的梦魇之语的影响，重新赋予文学以社会建构的使命。这种文学自觉性在青年作家作品中得到了尤为明显的体现。青年人宣言似的

---

① 参见：高尔基. 俄国文学史. 缪灵珠，译. 上海：上海译文出版社，1979：108-109.

② 张建华，张朝意. 当代外国文学纪事：1980—2000（俄罗斯卷）. 北京：商务印书馆，2016：721.

③ 详见：哈琴. 后现代主义诗学：历史 • 理论 • 小说. 李杨，李锋，译. 南京：南京大学出版社，2009：13.

④ 张建华. 新时期俄罗斯小说研究（1985—2015）. 北京：高等教育出版社，2016：722.

关于“我”的自传式书写，直白地使用第一人称来坦然面对不如意的生活，将小说的生命力重归鲜活的日常用语，重归文学语言的交际功能。俄罗斯文论家博伊科曾说，现实主义的前面加了过多的修饰词，最好使用“某 - 现实主义”（N-реализм）的形式。[①]21 世纪以来的新现实主义以其真，以其实，以其洋溢的青春躁动与担当而让文学逐渐恢复其社会建构的意愿与功能。

第二节 多元叙述交流模式

如果说并不是每一部小说都指向读者，那么每一部小说必定是指向交流，与作者自己的过去、当下、将来交流，而与读者交流的作品更是汗牛充栋。叙述交流模式一向是小说邀请读者或者吸引读者的重要因素，查特曼、雅恩、费伦、普林斯，以及我国学者谭君强等都尝试建构叙述交流模式。1978 年，美国文学批评家查特曼在《故事与话语：小说和电影的叙事结构》这本叙事领域的经典书中所提出的叙述交流模式被叙事学界广为采用。查特曼的叙述交流模式路径如下：隐含作者→叙述者→受述者→隐含读者。在隐含作者和隐含读者之外，便是真实作者和真实读者，他们不参与叙事文本之内的交流过程。[②] 费伦将其称为“叙述交流的标准模式”，与此同时，他提出人物不应在叙述交流模式中缺席。[③] 德国学者雅恩从叙事文本的内在层级出发，提出了叙述交流模式的三层结构，即基于信息发送者与信息接收者之间的模型：内文本层的人物与人物之间的交流、结

---

① 详见：Бойко М. Взлет и падение N-реализма XXI век: итоги литературного десятилетия. [2022-12-01]. http://www.rospisatel.ru/sbornik.htm.

② 查特曼. 故事与话语：小说和电影的叙事结构. 徐强，译. 北京：中国人民大学出版社，2013：134-136.

③ 详见：谭君强. 叙事学研究：多重视角. 北京：中国社会科学出版社，2018：99.

构行动层的叙述者与受述者的交流，以及真实交流层的作者与读者的交流。不过该交流模型的交流指向仅仅是单向的。[①]

谭君强指出，“交流不是一个单一传导的过程，而是一个双向交流的过程。叙事文本内外的交流过程，同样如此。此外，这种交流并不限于两两相对的，诸如真实作者与真实读者、叙述者与受述者、人物与人物之间的交流，更是各个不同成分之间可以有双向甚至多向交叉的交流”[②]。

上述学者关于叙述交流模式的论述，特别是谭君强关于叙述交流模式的观点对本研究的展开颇具启发意义。笔者在新现实主义小说研究中发现，叙述交流模式出现了多层交织的现象，内文本层与结构行动层、真实交流层等多层交织在一起或界限模糊。可以说，小说叙事在追求真实性、实现文学寓言的交际功能时，常常打破传统现实主义小说的叙述交流模式。

小说体裁意义与题材意义动态交叉，书信、日记、童话、寓言等融合在一起，历史事件、商业奇闻等与小人物经历嵌合在一起，模糊了虚构与非虚构的边界，形成了多元的体裁间形态。奇若娃的长篇小说《女性时代》中外婆们讲给秀赞娜的童话故事、寓言与安东尼娜的现实生活交织在一起。科切尔金的小说《话别》中，奶奶带着孙女从莫斯科到阿尔泰看儿子，在路上，她给孙女讲起电影《迷人的幸福星辰》。

波利亚科夫在小说《堕落者的天堂》中为俄罗斯航空基金会总裁沙尔曼诺夫这样一位商业奇才立传。小说的叙述者斯卡比切夫斯基是一位作家，在从圣彼得堡回莫斯科的火车上遇到了带着保镖的“傻小子”，后者野蛮地请他换到另一个包厢去。这个傻小子便是沙尔曼

① 详见：谭君强. 叙事学研究：多重视角. 北京：中国社会科学出版社，2018：105.

② 谭君强. 叙事学研究：多重视角. 北京：中国社会科学出版社，2018：107.

诺夫。正是在火车上，这位商业奇才讲述了自己的经历，作家则将其记录下来向出版社交差。两者交替实现了叙述者功能，将人物的口述与传记者的记录、个人的经历与社会转型时的关键历史事件嵌合在一起。

《堕落者的天堂》的开篇引自法国古典小说普莱沃的《曼侬·雷斯戈》：

> 我得在这儿告诉读者，我几乎是在听完他的讲述后立即就将它记录下来的，因此诸位完全可以相信，故事的准确性和忠实性是毋庸置疑的。我说的忠实性，就是说，即使是所用来传达这位年轻的冒险家用世间最动人、美妙的言辞所表达的思想和感情，我的叙述也都是毫厘不差的。[①]

这里将作家斯卡比切夫斯基与普希金《已故伊凡·彼得罗维奇·别尔金小说集》中塑造的叙述者别尔金相类比，别尔金先生每篇小说的手稿前面都由作者亲笔写着："我听某某人（官衔或职称及姓名的头一个字）讲的。现为好奇的调研者摘录如下……"[②]

与此同时，这与莱蒙托夫《当代英雄》中毕巧林日记的叙述者及人物功能也颇为相似。《当代英雄》中的马克西姆·马克西梅奇与毕巧林见面时说："您那些稿纸还留在我这儿呢……我一直带在身边……我原想在格鲁吉亚可以找到您，没料到天老爷让咱们在这儿见面……您那些稿纸可叫我怎么处理好啊？"[③] 这些稿子正是在毕巧林去世后，"我"将其发表出来组成的《毕巧林日记》，"我"在序言中也给出了将其出版的理由："反复阅读这些日记，我深信这个把自己

---

① 波利亚科夫. 堕落者的天堂：波利亚科夫小说选. 张建华，译. 成都：四川人民出版社，2021：6.

② 详见：普希金文集（第六卷）. 魏荒弩，等译. 北京：人民文学出版社，2018：65.

③ 莱蒙托夫. 当代英雄. 草婴，译. 上海：上海文艺出版社，2003：61.

的缺点和毛病无情地暴露出来的人是诚实的。一个人的心灵的历史，哪怕是最渺小的心灵的历史，也不见得比整个民族的历史枯燥乏味，缺少教益，尤其是这种历史是一个成熟的头脑自我观察所得的结果，而且写作的时候并非出于存心博取同情或者哗众取宠的虚荣欲望。”①

《堕落者的天堂》也是故事套故事。小说主人公之一的富豪沙尔曼诺夫曾说：“我有许多故事情节。您要不要？我可以让给您一个。”②“这也足以写一本大书了！写一部关于俄罗斯资本主义的加夫罗希们的史诗……写那些曾经一无所有，最后成为天下主人的人！”③小说的故事主线是沙尔曼诺夫在谈起自己白手起家逐步变身商业大亨的过程，同时也穿插着老板与女秘书卡捷琳娜的爱恨情仇以及这位奇女子与各国宦海中人的纠葛。堕落者的故事实际上是将两个男人之间的个体艳遇的私密话语公布于众，叙事场景、叙述者角色不断发生变化。

小说叙述者多为自己选择了“作家”身份。此外，叙事视点在感知视点、观念视点与利益视点之间不断转换。这样一来，在具体叙述过程中，小说在凸显叙事与被叙的转换、丰富其展现的社会深度的同时，更加剧了内文本层与真实交流层的叙述交流的流动性。

作家斯卡比切夫斯基首次见到年轻富豪沙尔曼诺夫时有这样的心理活动：“我有时会有这样一种感觉，我们似乎生活在一个由凶恶而又愚蠢的变态傻小子当家的社会里，他们自以为已经成年，却将我们这些成年人当作孩子。所以，如同沙丘上建造的房子一样，一切都会坍塌，这是毋庸置疑的……”④在这里，斯卡比切夫斯基作为

---

① 莱蒙托夫. 当代英雄. 草婴，译. 上海：上海文艺出版社，2003：65-66.

② 波利亚科夫. 堕落者的天堂：波利亚科夫小说选. 张建华，译. 成都：四川人民出版社，2021：14.

③ 波利亚科夫. 堕落者的天堂：波利亚科夫小说选. 张建华，译. 成都：四川人民出版社，2021：16.

④ 波利亚科夫. 堕落者的天堂：波利亚科夫小说选. 张建华，译. 成都：四川人民出版社，2021：8.

叙述者的视点从感知视点渐渐移入观念视点，呈现出他对社会现状的判断。这样，我们就不会奇怪于他在小说开头提到的“怕误了火车——这是青春不再的一个明确征兆”，“人在青春年少时，总会花费巨大的精力去克服想象出来的种种困难，直至成年后，几乎无力再与真正的困难抗争。也许，这就是人生最大的悲哀吧”。[①]叙述者将时间与人生，将老去与无力抗争困难联系在了一起。

此外，斯卡比切夫斯基在讲述自己感受的同时，也在讲述自己的创作，他介绍了自己最初的剧本方案：单身母亲为了养活孩子而沦为受雇用的杀手，在两次暗杀行动的间歇跑回家为嗷嗷待哺的孩子喂奶。而制片人则建议他写一部性爱喜剧。富豪在跟他的交流过程中，发现了他的记者证件，进而引出了就连女列车员都知道的“与媒体人还是少打交道为好”[②]的延展性信息交流层，将两人的对话转变为两种社会身份的辩论：（富豪）“你们都是些出卖灵魂的卑鄙小人。”“您买过吗？”“不止一次。”[③]人物之间的对话不再是聚焦于富豪想赶作家去另一个包厢，而是对社会环境的呈现，为潜在读者、真正读者呈现社会的现实，甚至是社会的荒唐。

小说《堕落者的天堂》一共22节，第1、2节，第13节，第21、22节体现了作家斯卡比切夫斯基活动的时空维度，呈对称性；其他节里则是富豪沙尔曼诺夫的叙述。此时的富豪转变为作家或记者的身份，开始跟读者进行交流。此时的叙事视点、感知视点、观念视点，以及利益视点不断地转变、交错，丰富了小说的社会深度，形成了“体裁间”的艺术效果。波利亚科夫提及这部作品时曾说：“我没

① 波利亚科夫．堕落者的天堂：波利亚科夫小说选．张建华，译．成都：四川人民出版社，2021：6.

② 波利亚科夫．堕落者的天堂：波利亚科夫小说选．张建华，译．成都：四川人民出版社，2021：10.

③ 波利亚科夫．堕落者的天堂：波利亚科夫小说选．张建华，译．成都：四川人民出版社，2021：11.

有完全藏身于如今十分时髦的‘作家面具’后面，而是将自己作为一个次要人物现身于小说的字里行间。”①

小说《堕落者的天堂》的叙述进程模糊了虚构和非虚构两种文体之间的界限，在整个叙述过程中结合了乌托邦小说、社会讽刺小说、科学幻想小说、广告话语小说、宗教神话小说、社会寓言小说等的特征。②张建华将该小说称为运用了各种后现代主义艺术手法的“超先锋”的现实主义小说，这是集社会讽刺小说、推理小说、情爱小说和后现代的政治叙事、游戏叙事、悲喜剧叙事于一体的“合成小说”。③与之类似的有沙罗夫的小说《像孩子一样》。沙罗夫的小说纪实性和历史真实性与其作品的恒常不变的模式有关：每部小说都有一个或数个叙事主人公，他们偶然获得前人的笔记、日记、历史档案材料，或是偶然碰到专门研究某段历史、某个历史人物的人，由此与这段历史、这个人物直接或间接有关的各色人等纷纷登场，呈现出一个个稀奇古怪的故事和一段段光怪陆离的人生。可以说，沙罗夫构建了多元叙事交流模式，同时也构建了独具风格的“合成小说”。

小说《像孩子一样》在叙述过程中明确给出了小说的主线信息，即 1970 年 1 月 25 日萨申卡没了。④这个纯洁的 4 岁女孩的死亡使得相爱的父母万尼亚和伊琳娜陷入无尽的痛苦和迷茫。教母杜霞则早已看穿尘世，劝告萨申卡的父母，在孩子时死去是纯洁的天使，死了会去天堂。小说中的“我”作为癫痫患者，遇到了教母杜霞，她是白军军官遗孀、公爵夫人。故事的讲述以“我”想记录下所了解的一切为推动线：主人公第一次决定把这一切都写下来是在 1958 年，当

① Поляков Ю. Как я варил Козленка в молоке. М.: Росмэн-Пресс, 2004: 10.

② 这里提到的这些界定是引用刘文飞对当代俄罗斯小说的划分，同时他指出这些界定可以归类于体裁方面，也可以归类于题材方面。详见：刘文飞. 总序//佩列文.“百事”一代. 刘文飞，译. 北京：北京十月文艺出版社，2018：总序 7.

③ 参见：波利亚科夫. 堕落者的天堂：波利亚科夫小说选. 张建华，译. 成都：四川人民出版社，2021：序 16.

④ 沙罗夫. 像孩子一样. 赵桂莲，译. 北京：北京大学出版社，2015：3.

时他跟着考察队去极地考察，对一个北方民族恩乔人的历史产生了浓厚兴趣。1978 年当主人公再次回看这些记录时，却有些不习惯自己的文字与基调了。“少年又随便又胆怯的混合物随着时间的流逝没多少吸引力。”①

沙罗夫将写作看成不断认识世界、构筑世界图景的过程，但实际上其看世界的多角度、对历史事件和历史人物的拼贴和诠释在很大程度上是一成不变的，在很大程度上承继的是 17 世纪中期尼康宗教改革之后转入“地下”的旧礼派或曰旧信仰派、分裂教派对世界的认识。②这里有现实中不可想象的部分，例如，杜霞想去熊苔沼泽，想到儿子的坟上看看，在途中她和伊琳娜看到沼泽的闪光，把它们当作孩子们的灵魂，“杜霞没有停止采摘，她对伊琳娜解释，说火星是属于上帝的灵魂，它们就像是用恩惠之火点燃的小蜡烛。周围到处——她指给伊琳娜看——都是无罪的、无辜被杀害的人的灵魂；它们出来迎接我们，为的是护送 [我们] 到谢廖沙岛。”③“正在发生的事让我觉得疯狂。教母和伊琳娜像是疯子在沼泽上东一头西一头地跑，就算主暂时保护着她们，他的耐心能持续多久，我不知道。我走近万尼亚，说，得制止杜霞和伊琳娜。不能只是在旁边站着、看着，看泥潭会吸住他妻子还是不会吸住。”④身为母亲，她们对白发人送黑发人的事实无法释怀，便将思念之情寄托在沼泽地里的火光上，而在“我”看来，这仅仅是大自然普通的电光，这样的场景并没有魔幻之处。

赵桂莲在这部小说的译后记中也指出，“沙罗夫否定学术界把他归入后现代派，认为自己是现实主义作家。就像陀思妥耶夫斯基否

---

① 沙罗夫. 像孩子一样. 赵桂莲，译. 北京：北京大学出版社，2015：12.

② 沙罗夫. 像孩子一样. 赵桂莲，译. 北京：北京大学出版社，2015：312.

③ 沙罗夫. 像孩子一样. 赵桂莲，译. 北京：北京大学出版社，2015：297-298.

④ 沙罗夫. 像孩子一样. 赵桂莲，译. 北京：北京大学出版社，2015：298.

认对他‘心理学家’的定义、认为展现心灵现实的自己是‘最高意义上的现实主义者’一样，对于沙罗夫来说，其小说遵循使俄罗斯成为俄罗斯的独特文化逻辑，因此得到重新诠释的历史不是‘杜撰’，而是应该的历史，是应该的历史事实，或者说，是可能的历史，可能的历史事实”①。

此外，俄罗斯文学中的家庭史诗书写在新时期的复兴，也是新现实主义小说发展的果实。许多作家选择以代际视角，层面化地呈现社会图景，如《女性时代》《叶尔特舍夫一家》《拉扎列夫家的女人们》《古旧台阶上暮霭沉沉》等。在这些家庭史诗书写中，作家们试图透视作为社会细胞的家庭，通过父与子的深情与冲突，通过对个体细胞与社会躯体的共生机制的解剖，动态、全面地呈现社会问题。在这些作品中，叙事视角的转换、情节的推进多通过“蒙太奇”剪辑的方式实现。有评论家曾指出，图像、影视作品不断吸引人们的眼球，改变着他们的媒介素养。新时期的现实主义小说在重视故事情节完整性的同时，吸纳了许多“蒙太奇”剪辑、切换等视觉媒体所采用的叙事方式，而留白处被读者在阅读过程中自然而然地填补。同时作家们对体裁形式不断地探索，有随笔，有宣言，有自传，还有艺术研究、短篇小说构成的长篇小说，扩大了文学的边界。

我们在上文中提到，舒宾娜出品的文学作品中，有几部作品与众不同，不是某一位作家的作品集，而是由多位当代俄罗斯作家的随笔、短篇小说等汇集而成的文集。这种形式在一定程度上来说正是多位叙述者的交流。例如“莫斯科：碰头地点”系列包含《莫斯科：碰头地点》(2016)、《住在彼得堡》(2017)、《花鸟市场》(2019)、《不用排队》(2021)。其中，第四部《不用排队》的副书名是“当代作

① 赵桂莲. 译后记//沙罗夫. 像孩子一样. 赵桂莲，译. 北京：北京大学出版社，2015：313.

家讲述的苏联生活场景”[①]，该书所收录的文章是不同作家对同一文集主题的不同讲述，这构成了作家之间的多元叙述交流，更是作家们向读者呈现的多元叙述交流网络。

《西伯利亚：幸福指日可待》[②]同样是舒宾娜出品的类似文集，出版于2022年。此文集是不同作者对西伯利亚这一文化话题的多元、多维度交流，主编是沙尔古诺夫和先钦。如先钦在其中的《西伯利亚重力》一文中介绍了家乡图瓦。这个西伯利亚的地名几乎无人知晓，稍微留意新闻的人可能记得俄罗斯原国防部部长是图瓦人，总统曾在那儿捕到狗鱼，但仅此而已，而这又远远不是图瓦。[③]作家塔尔科夫斯基则是舍弃了首都莫斯科的精致环境，冲向针叶林，前往叶尼塞。他的文章如他的文学作品一样，有一种坚定的意志和对大自然的崇敬感。另一位作家——莫斯科人科切尔金则到了阿尔泰，在那里遇到了未来的妻子。[④]

作者们都试图揭开西伯利亚的神秘面纱，记下个人经验并分析他人的经验，希望更接近理解西伯利亚的隐喻甚至形而上学的文化内涵：西伯利亚在哪里真正开始和结束？在西伯利亚长大的人和在山的另一边长大的人有什么区别？为什么西伯利亚吸引那些从未去过那儿的人，并且让他们对其念念不忘？

西伯利亚是如此复杂而神秘，它不太可能让自己完全被理解。但是它又如此慷慨，给大家带去了各自想要的幸福。《西伯利亚：幸福指日可待》在读者面前展开了西伯利亚不同地方的全景，呈现了关于它在历史中的作用和对人类命运的影响的不同观点。这本书的

---

① 详见：https://www. livelib.ru/pubseries/811844-moskva-mesto-vstrechi.

② Сенчин Р., Шаргунов С. Сибирь: счастье за горами. М.: Редакция Елены Шубиной, 2022.

③ Сенчин Р. Моя Тува. [2022-12-01]. https://www. litres.ru/alena-babenko/sibir-schaste-za-gorami/chitat-onlayn/page-3/.

④ 详见：https://www. litres.ru/alena-babenko/sibir-schaste-za-gorami/chitat-onlayn/.

每一位作者都用自己的叙述在进行着关于西伯利亚这一话题的交流，进而构成了透视西伯利亚的独特的万花筒，此为看似散乱实则是有机融合的书写方式。

20 世纪 80 年代，著名文论家金斯堡曾用多年的笔记创作出一种新的散文体裁，她称之为“中间体裁散文”[①]。她采取拼贴的方法，以无可挑剔的文笔和对周围世界的深刻洞察力和冷静思考，把早年的日记、新近的评述、小型文学随笔和零星的思考熔于一炉，为读者呈现出一个苏联同龄人的珍贵的个体生命文献。金斯堡“把抽象的历史转化为心灵经验的语言”，吸引作者的永远是“个体的心理生活经验、行为的哲学和伦理和历史性格”[②]。邦达列夫的小说《瞬间》（1980）也类似，它缺少明晰的情节，直觉、意象和心情的表达被拼接成小说的主要内容。邦达列夫将“瞬间即生活，生活即瞬间”[③] 作为作品的题词语。瞬间并不是碎片，而是对生活记忆的整体重建。

俄罗斯著名文论家蒂尼亚诺夫在其经典文章《文学事实》（1928）中写道：“占中心主导地位的流派在分解过程中，会辩证地出现新的建构原则。主要形式在自动化运转的同时，次要形式的重要性也不断凸显。在一个体裁分解的时代，一种体裁从中心走向边缘，而另一种新的现象则会从文学的细枝末节，甚至从文学的后院或不易被察觉的低洼处移动到中心。”[④]

刘文飞曾对新世纪俄罗斯长篇小说体现出的新特征进行概述，指出当代俄罗斯长篇小说出现了现实主义传统与后现代主义时尚相互交织的局面。在当代俄罗斯的长篇小说创作领域，“一方面是后现

① 张建华，张朝意. 当代外国文学纪事：1980—2000（俄罗斯卷）. 北京：商务印书馆，2016：230.

② 转引自：张建华，张朝意. 当代外国文学纪事：1980—2000（俄罗斯卷）. 北京：商务印书馆，2016：230.

③ Бордарев Ю. Мгновения. [2022-12-01]. https://mybook.ru/author/yurij-vasilevich-bondarev/mgnoveniya-rasskazy-sbornik/read/.

④ Тынянов Ю. Архаисты и новаторы. Ленинград: Прибой, 1929: 9-10.

代主义文学在巨浪拍岸后留下的余波，即它对传统长篇小说叙事模式的冲击和解构，另一方面则是现实主义文学传统在泰然自若的同时对包括后现代文学在内的新潮文学因素的积极吸收和借鉴"[①]。也正是小说叙述交流模式多元化展示了新现实主义小说所具有的"新"的艺术特征。

任何时代的文学进程都不可避免地涉及新旧文体的冲突与交替。当代俄罗斯小说的艺术建构，特别是叙述交流模式的探索既继承了俄罗斯经典文学作品的叙述技巧，又加入了时代所特有的艺术特征，进而为整个文化发展注入新鲜的力量，为新的文学体裁中心的形成积蓄力量。

---

① 刘文飞．总序//佩列文．"百事"一代．刘文飞，译．北京：北京十月文艺出版社，2018：总序 7.

第六章
结　语

有着现实主义创作传统的俄罗斯文学在经历了现代主义、社会主义现实主义、后现代主义之后再次走向现实主义文学创作的复兴之路，有其社会因素更有其文学自身规律的要求。如学者诺维科夫说的那样："当下的现实主义与其经典模式相比获得了新的品质，成为本体论，不仅探索社会过程，而且探索存在的本质，在探索过程中并不将存在框限在任何道德标准的约束之下，也不以（后）现代主义装饰模型来取代它。"[①]

俄罗斯文学有着关切现实的独特哀伤气质。正如张建华引用的尼采的话那样，"我情愿用俄罗斯式的悲哀去换取整个西方的幸福"，俄罗斯式的哀伤，即质疑现实、感时忧国、寄怀天下，这是俄罗斯文学思想和哲学思想的基本色调，是一种深刻而贯穿民族历史文化始终的危机意识和悲剧意识。[②]

在本书第一章"俄罗斯新现实主义文学概况"中，我们从争夺话语的现实主义和捍卫文学的现实主义出发来梳理新现实主义文学出

① Новиков В., Рычкова О. Молодой прозаик N. Литературная газета, 20–26 ноября 2002.

② 详见：张建华.俄罗斯文学的黄金世纪：从普希金到契诃夫.北京：生活•读书•新知三联书店，2023：8-20.

现及发展的必然性。在俄罗斯社会转型期，后现代主义思潮与社会反思情绪自然地组合在一起，以互文性、游戏性消解了宏大叙事的意义，以摧枯拉朽之势夺取了现实主义文学的主流话语权。不过，后现代主义与生俱来的质疑能动性和解构力量注定也将解构后现代主义自身。2000年以来，俄罗斯文学评论界便不断地掀起现实主义文学的讨论浪潮，一直不曾间断的现实主义文学在这一阶段也不断发出宣言，推动新现实主义文学向前发展，其中重要的力量是20世纪七八十年代出生的作家。新现实主义文学多以团体形式亮相，在文坛话语权争夺中渐渐为文坛接受并于近些年成为俄罗斯文学的主力军。此外，随着社会转型，文学逐渐失去了以往俄罗斯文学中心主义的地位。文学承载的民族精神建设、文化导向等角色逐渐被哲学、社会学、政治学，甚至管理学等取代。读者阅读文学作品也不再追求类似导师指引生活的效果，更多的是在消费文学产品。俄罗斯新现实主义小说则努力赋予生活，赋予现实以艺术的直觉和质感，进而让读者参与到对现实复杂性、矛盾性的感受与思考之中。

第二章"俄罗斯新现实主义小说的核心主题"指出，在后现代主义文学互文性和游戏性的冲击下，线性的时间和稳固的空间被打破，当下的读者通过文学作品试图建立平移生活感受的尝试被破坏，而新现实主义小说则努力恢复时间性和空间性，使其重新稳定，且获得逻辑性。首先，从时间维度来说，故事时间的有序性和事件的明确因果关系是新现实主义文学尝试重建的。新现实主义文学重新修复过去与现在的逻辑链条，尝试在对过去的描写与反思中寻找到现在甚至将来走向的痕迹，在书写历史过往中的生活空白的同时，也重新定义生活的当下常态。其次，从空间维度上来说，作家们刻意让小说人物卷入真实可感的日常生活空间，通过放大生存实验来消解承载着俄罗斯传统的乡村的安全感和担当着俄罗斯当下的城市空间上的安全感。

第三章“俄罗斯新现实主义小说的人物塑造”着重探讨了俄罗斯新现实主义小说对典型人物的塑造以及在此基础之上的社会分析。与俄罗斯文学传统书写中的女性形象不同，在社会转型与工业化发展的当下，女性的柔美逐渐弱化，务实女性甚至是职场佳人频出；而俄罗斯文学传统书写中的代际形象勾画中，青年有着天生的叛逆与抗争活力，而在新现实主义小说中，青年多失去了该有的生机，变得小心翼翼甚至死气沉沉，或主动脱离长辈都经历过的成长之轨，或消极地放慢生活速度进而游离于社会节奏之外。新现实主义小说通过回溯青年成长轨迹，来展现历史性的社会问题。

第四章“俄罗斯新现实主义小说的伦理建构”聚焦新现实主义小说的社会能动力——推动现实改造，实现家庭伦理秩序和社会伦理秩序的建构。新现实主义小说在介入社会、直面生活方面探究了新的主题；在典型人物塑造方面出现了新的形象；在重视情节连贯的叙事中又融入了现代主义与后现代主义的许多技巧。更为重要的是在文学中心主义消退的后苏联时空中，坚守新现实主义小说创作，在很大程度上是在恢复、践行作家洞察世事、灵魂拷问、思想指引的审美理念，延续俄罗斯作家们对民族命运的深情忧虑和对人性的深刻洞察。

第五章“俄罗斯新现实主义小说的艺术特征”则从叙事学角度进行分析，呈现了新现实主义小说中最为显著的社会化自传式书写与多元叙述交流模式，以此来探讨新现实主义小说在坚持现实主义原则的同时吸收了现代主义和后现代主义的要素，自然地将它们融合在创作之中的艺术特征。

詹姆逊在《现实主义的二律背反》中指出，现实主义既表示对现实的认知，也表示对现实进行艺术虚构的审美，既要求一种美学的地位，又要求一种认知的地位。作为与世俗化发展同进度的新的价值观，现实主义的理想预设了一种审美经验的形式，但它主张一种贴近实际生活的关系。[①]这是现实主义的二律背反，同时也是现实主义的魅力之所在！虽然我们无法赞同加洛蒂将现实主义加上“无边”这一修饰语的界定，但是他所提到的一切事物都处于变化之中，现实主义也不是一成不变的，却是客观正确的：世界和人类都发生了深刻的变化，世界不再是一堆安排在一种与我们和我们的行动无关的稳定秩序里的、贴上标签的、清晰的事物或规则。“任何形式的科学、艺术、实践，对于一种现成的自然、一个一劳永逸地被确定的人、一种含有永恒教训的道德，都不可能是客观的分析清单。”[②]

现实主义文学值得我们持续关注，持续探究。而用张建华的话来说，现实主义作为俄罗斯文学巨型叙事话语，其洪流不会断流。[③]对当代俄罗斯新现实主义小说的研究能够帮助我们构建俄罗斯文学的全景图，挖掘俄罗斯文学的精神内涵。

---

① 详见：詹姆逊. 现实主义的二律背反. 王逢振，高海青，王丽亚，译. 北京：中国人民大学出版社，2020：前言 4.

② 加洛蒂. 论无边的现实主义. 2 版. 吴岳添，译. 天津：百花文艺出版社，2008：66.

③ 张建华. 新时期俄罗斯小说研究（1985—2015）. 北京：高等教育出版社，2016：95.

参考文献

阿克肖诺夫．带星星的火车票．王士燮，译．北京：人民文学出版社，2006.

阿斯塔菲耶夫．悲伤的侦探．余一中，译．哈尔滨：黑龙江人民出版社，1989.

艾布拉姆斯．镜与灯：浪漫主义文论及批评传统．郦稚牛，张照进，童庆生，译．北京：北京大学出版社，1989.

本尼特，罗伊尔．关键词：文学、批评与理论导论．汪正龙，李永新，译．桂林：广西师范大学出版社，2007.

比尔基埃，等．家庭史（第二卷）．袁树仁，等译．北京：生活·读书·新知三联书店，1998.

比托夫．普希金之家．王加兴，胡学星，刘洪波，译．北京：北京大学出版社，2017.

别尔嘉耶夫．俄罗斯的命运．汪剑钊，译．昆明：云南人民出版社，1999.

别尔嘉耶夫．俄罗斯思想：19 世纪至 20 世纪初俄罗斯思想的主要问题．修订译本．雷永生，邱守娟，译．北京：生活·读书·新知三联书店，2004.

别林斯基．别林斯基选集（第三卷）．满涛，译．上海：上海译文出版社，1980.

波利亚科夫．堕落者的天堂：波利亚科夫小说选．张建华，译．成都：四川人民出版社，2021.

伯林．现实感：观念及其历史研究．潘荣荣，林茂，译．南京：译林出版社，2004.

布莱希特．关于表现主义的争论 // 卢卡契，布莱希特，等．表现主义论争．张黎，编选．上海：华东师范大学出版社，1992.

查特曼．故事与话语：小说和电影的叙事结构．徐强，译．北京：中国人民大学出版社，2013.

陈方 . 俄罗斯文学的“第二性” . 北京：北京语言大学出版社，2015.

程巍，陈众议，等 . 中外畅销书的传播与接受研究 . 北京：中国社会科学出版社，2016.

程锡麟 . 虚构与事实：战后美国小说的当代性与新现实主义 . 外国文学研究，1992（3）：34-40.

狄尔泰 . 历史中的意义 . 艾彦，逸飞，译 . 北京：中国城市出版社，2002.

董学文，荣伟 . 现代美学新维度——西方马克思主义美学论文精选 . 北京：北京大学出版社，1990.

俄罗斯科学院高尔基世界文学研究所 . 俄罗斯白银时代文学史 . 谷羽，王亚民，等译 . 兰州：敦煌文艺出版社，2006.

费吉斯 . 娜塔莎之舞：俄罗斯文化史 . 郭丹杰，曾小楚，译 . 成都：四川人民出版社，2018.

弗洛姆 . 健全的社会 . 欧阳谦，译 . 北京：中国文联出版公司，1988.

高尔基 . 俄国文学史 . 缪灵珠，译 . 上海：上海译文出版社，1979.

耿占春 . 叙事美学 . 海口：南方出版社，2008.

古德 . 家庭 . 魏章玲，译 . 北京：社会科学文献出版社，1986.

哈琴 . 后现代主义诗学：历史·理论·小说 . 李杨，李锋，译 . 南京：南京大学出版社，2009.

侯维瑞，李维屏 . 英国小说史 . 南京：译林出版社，2005.

基斯嘉柯夫斯基，等 . 路标集 . 彭甄，曾予平，译 . 昆明：云南人民出版社，1999.

加洛蒂 . 论无边的现实主义 . 2 版 . 吴岳添，译 . 天津：百花文艺出版社，2008.

蒋承勇 . 十九世纪现实主义文学的现代阐释 . 北京：中国社会科学出版社，2010.

蒋承勇 . 为何对俄罗斯文学特别青睐 . 社会科学报，2019-05-07（8）.

凯利 . 俄罗斯文学 . 马睿，译 . 南京：译林出版社，2019.

克罗托娃 . 当代俄罗斯文学中的新现代主义思潮 . 李新梅，译 . 俄罗斯文艺，2022（1）：77-87.

拉吉舍夫．从彼得堡到莫斯科旅行记．汤毓强，吴育群，张均欧，译．北京：外国文学出版社，1982.
拉斯普京，等．俄罗斯当代小说集．张建华，等译．北京：人民文学出版社，2006.
莱蒙托夫．当代英雄．草婴，译．上海：上海文艺出版社，2003.
李明滨．世界文学简史．2 版．北京：北京大学出版社，2007.
玛格利特．记忆的伦理．贺海仁，译．北京：清华大学出版社，2015.
麦列霍夫，等．当代俄罗斯小说集．白文昌，等译．上海：上海译文出版社，2018.
梅．人寻找自己．冯川，陈刚，译．贵阳：贵州人民出版社，1991.
梅新林，葛永海．文学地理学原理（上卷）．北京：中国社会科学出版社，2017.
米尔斯基．俄国文学史．刘文飞，译．北京：人民出版社，2013.
森华．当代俄罗斯文学：多元、多样、多变．北京：外语教学与研究出版社，2010.
聂珍钊．文学伦理学批评：基本理论与术语．外国文学研究，2010（1）：12-22.
聂珍钊．文学伦理学批评导论．北京：北京大学出版社，2014.
潘允康．家庭社会学．北京：中国审计出版社，2002.
佩列文．“百事”一代．刘文飞，译．北京：北京十月文艺出版社，2018.
普里列平．萨尼卡．王宗琥，张建华，译．北京：人民文学出版社，2008.
普希金．普希金文集（第六卷）．魏荒弩，等译．北京：人民文学出版社，2018.
普希金．叶甫盖尼·奥涅金．丁鲁，译．南京：译林出版社，1996.
沙尔古诺夫．乌拉 // 鲍加特廖娃，等．回到伊萨卡．侯玮红，译．成都：四川人民出版社，2017.
沙罗夫．像孩子一样．赵桂莲，译．北京：北京大学出版社，2015.
斯捷潘诺娃．记忆记忆．李春雨，译．北京：中信出版社，2020.
斯拉夫尼科娃．2017. 余人，张俊翔，译．南京：译林出版社，2011.
史崇文，季明举．俄罗斯当代农村小说的乡土情结．中国社会科学报，

2022-06-27（7）.
索尔仁尼琴．索尔仁尼琴读本．张建华，译．北京：人民文学出版社，2012.
谭君强．叙事学研究：多重视角．北京：中国社会科学出版社，2018.
屠格涅夫．初恋——屠格涅夫中短篇小说精选．李永云，等译．北京：华文出版社，1995.
瓦尔拉莫夫．生——瓦尔拉莫夫小说集．余一中，译．北京：外国文学出版社，2002.
王守仁．战后世界进程与外国文学进程研究．南京：译林出版社，2019.
王树新．社会变革与代际关系研究．北京：首都经济贸易大学出版社，2004.
王志耕．当代俄罗斯文学的现实主义叙事．文学与文化，2021（2）：65-73.
韦勒克．批评的概念．张金言，译．杭州：中国美术学院出版社，1999.
温儒敏．新文学现实主义的流变．北京：北京大学出版社，1988.
沃尔夫莱．批评关键词：文学与文化理论．陈永国，译．北京：北京大学出版社，2015.
《西方文学理论》编写组．西方文学理论．2版．北京：高等教育出版社，2018.
先钦．叶尔特舍夫一家．张俊翔，译．哈尔滨：黑龙江大学出版社，2014.
徐稚芳．俄罗斯文学中的女性．北京：北京大学出版社，1995.
叶罗费耶夫．从莫斯科到佩图什基．张冰，译．桂林：漓江出版社，2014.
殷企平，朱安博．什么是现实主义文学．上海：上海外语教育出版社，2011.
余一中．俄罗斯文学的今天和昨天．哈尔滨：黑龙江人民出版社，2006.
詹明信．现实主义、现代主义、后现代主义．行远，译．文艺研究，1986（3）：123-133.
詹姆逊．现实主义的二律背反．王逢振，高海青，王丽亚，译．北京：中国人民大学出版社，2020.
张建华．新时期俄罗斯小说研究（1985—2015）．北京：高等教育出版社，2016.

张建华，张朝意 . 当代外国文学纪事：1980—2000（俄罗斯卷）. 北京：商务印书馆，2016.

张金凤 . 身体 . 北京：外语教学与研究出版社，2019.

郑体武 . 俄罗斯文学简史 . 上海：上海外语教育出版社，2006.

Eakin P. J. How Our Lives Become Stories: Making Selves. Ithaca: Cornell University Press, 1999.

Stern J. P. On Realism. London: Routledge, 1973.

Uutiset K. Писатель надежды и смерти верит в добро. (2019-01-26)[2022-12-01]. https://news.rambler.ru/other/41622811-kansan-uutiset-finlyandiya-pisatel-nadezhdy-i-smerti-verit-v-dobro/?ysclid=lxrim9rr0517339838.

Абдуллаев Е. Полиэтиленовая литература. [2022-12-01]. https://magazines.gorky.media/druzhba/2019/9/polietilenovaya-literatura.html.

Абдуллаев Е. Поэзия действительности (I). [2022-12-01]. https://magazines.gorky.media/arion/2010/2/poeziya-dejstvitelnosti-i.html.

Абдуллаев Е. Поэзия действительности (VIII): очерки о поэзии 2010-х. [2022-12-01]. https://magazines.gorky.media/arion/2014/2/poeziya-dejstvitelnosti-viii.html.

Абишева У. Неореализм в русской литературе 1900–1910-х годов. М.: Изд-во Московского университета, 2005.

Антоничева М. О тенденциозности в литературной критике. [2022-12-01]. https://magazines.gorky.media/continent/2006/128/o-tendenczioznosti-v-literaturnoj-kritike.html.

Антоничева М. Своевременные люди. [2022-12-01]. https://magazines.gorky.media/october/2012/2/svoevremennye-lyudi.html.

Белинский В. О классиках русской литературы. Минск: Наука и техника, 1976.

Беляков С. Дракон в лабиринте: к тупику нового реализма. [2022-12-01]. https://magazines.gorky.media/ural/2003/10/drakon-v-labirinte-k-tupiku-novogo-realizma.html.

Берг М. Литературократия: проблема присвоения и перераспределения власти в литературе. М.: Новое литературное обозрение, 2000.

Бойко М. Взлет и падение N-реализма XXI век: итоги литературного десятилетия. [2022-12-01]. http://www.rospisatel.ru/sbornik.htm.

Бондаренко В. Новый реализм. (2003-08-20)[2022-12-01]. https://zavtra.ru/blogs/2003-08-2071?ysclid=lw3g82yx2k463485637.

Бондаренко В. Сергей Шаргунов книга без фотографий. [2022-12-01]. https://magazines.gorky.media/znamia/2012/2/sergej-shargunov-kniga-bez-fotografij.html.

Булкина И. Новый Пролеткульт. [2022-12-01]. https://magazines.gorky.media/znamia/2010/3/novyj-proletkult.html.

Вежлян Е. Литература в поисках читателя: хроника одного ускользания. Новый мир, 2006(3): 149-155.

Водолазкин Евг. Авиатор. М.: АСТ, 2023.

Генис А. Довлатов и окрестности. М.: Вагриус, 1999.

Говорухина Ю. Русская литературная критика на рубеже XX–XXI веков. Красноярск: Сиб. фед. ун-т, 2012.

Голомшток И. Язык искусства при тоталитаризме. [2022-12-01]. https://magazines.gorky.media/continent/2012/151/yazyk-iskusstva-pri-totalitarizme.html.

Голубков М. Зачем нужна русская литература. М.: Прометей, 2021.

Голубков М. Русская литература XX в: после раскола. М.: Аспект Пресс, 2001.

Григорьев А. Эстетика и критика. М.: Искусство, 1980.

Гришковец Е. Ангина. [2022-12-01]. https://magazines.gorky.media/znamia/2011/7/angina.html.

Гришковец Е. Погребение ангела. [2022-12-01]. https://magazines.gorky.media/znamia/2006/2/pogrebenie-angela.html.

Гришковец Е. Спокойствие. [2022-12-01]. https://magazines.gorky.media/znamia/2005/1/spokojstvie.html.

Гуга В. С открытым забралом. [2022-12-01]. https://magazines.gorky.media/

ural/2013/4/s-otkrytym-zabralom.html.

Гумбрехт Х. «Современная история» в настоящем меняющегося хронотопа (Перевод с англ. Е. Канищевой). Новое литературное обозрение, 2007(1): 45-50.

Гусев В., Казначеев С. Новый реализм: за и против. М.: Издательство Литературного института им. А. М. Горького, 2007.

Давыдов П. Прогрессивные писатели снова переформировались. Коммерсантъ-Власть, 20 января 1992.

Давыдова Т. Русский неореализм: идеология, поэтика, творческая эволюция. М.: Флинта, 2005.

Данилкин Л. Ленин: пантократор солнечных пылинок. М.: Молодая гвардия, 2017.

Дуардович И. Боязнь лирики («новая эпика»). [2022-12-01]. https://magazines.gorky.media/arion/2014/3/boyazn-liriki.html.

Ельшевская Г. О «берегах» советского реализма. [2022-12-01]. https://magazines.gorky.media/nlo/2008/4/o-beregah-sovetskogo-realizma.html.

Ермолин Е. Не делится на нуль. [2022-12-01]. https://magazines.gorky.media/continent/2011/150/ne-delitsya-na-nul-2.html.

Ермолин Е. Случай нового реализма. [2022-12-01]. https://magazines.gorky.media/continent/2006/128/sluchaj-novogo-realizma.html.

Ермолин Е. Триумф искусства над жизнью. [2022-12-01]. https://magazines.gorky.media/continent/2007/132/triumf-iskusstva-nad-zhiznyu.html.

Ефимов А. Птичий грипп. [2022-12-01]. https://magazines.gorky.media/druzhba/2007/3/ptichij-gripp.html.

Залотуха В. Отец мой шахтер. Избранное. М.: Время, 2016.

Захарова В., Комышкова Т. Неореализм в русской прозе XX века: типология художественного сознания в аспекте исторической поэтики. Н. Новгород: НГПУ, 2014.

Зимина Е. Современная русская литературная критика в лицах. О критике и критиках: краткий путеводитель по литературному процессу в современной России. [2022-12-01]. http://project666364.tilda.ws/page2175170.html.

Зябрева Г. Еще к вопросу о русском неореализме. Вопросы русской литературы, 2015(2): 180-186.

Иванова Н. Триумфаторы, или новые литературные нравы в контексте нового времени. Звезда, 1995(4): 177-180.

Иванова Н. Ускользающая современность. Русская литература XX–XXI веков: от «внекомплектной» к постсоветской, а теперь и всемирной. Вопросы литературы, 2007(3): 30-53.

Илюшенко А. Homo ludens. [2022-12-01]. https://magazines.gorky.media/znamia/2014/10/homo-ludens.html.

Казначеев С. Краткая история вопроса о «Новом реализме». [2022-12-01]. https://www.rospisatel.ru/konferenzija/kaznatsheev.htm.

Казначеев С. Новый реализм: очередное возрождение метода. Гуманитарынй вектор, 2011(4): 91-95.

Калинин М. Реализм. [2022-12-01]. https://magazines.gorky.media/arion/2017/3/201150.html.

Калита И. Дело о «новом реализме». Вопросы литературы, 2015(6): 123-139.

Калита И. «Новый реализм» русской литературы в зеркале манифестов XXI века. Slavica litteraria, 2016(19): 67-80.

Кожинов В. Искусство живёт современностью: статьи о современной литературе. М.: Современник, 1982.

Козлов В. Упоение настоящим: антологические нулевые. [2022-12-01]. https://magazines.gorky.media/arion/2012/2/upoenie-nastoyashhim-antologicheskie-nulevye.html.

Колесников Д. В защиту нового реализма. (2010-08-20) [2022-12-01]. http://old.litrossia.ru/2010/34-35/05521.html.

Колесников Д. «Новый реализм»: подводя итоги. (2015-02-23)[2022-12-01]. https://litrossia.ru/item/7391-oldarchive/?ysclid=lw3gsbdmzd195904125.

Кондаков И. Культура России: краткий очерк истории и теории. Изд. 3-е. М.: КДУ, 2007.

Кочергин И. Золотое кольцо. [2022-12-01]. https://magazines.gorky.media/continent/2006/130/zolotoe-kolczo.html?.

Кочергин И. Жизнь в присутствии писателя. [2022-12-01]. https://magazines.gorky.media/october/2016/12/zhizn-v-prisutstvii-pisatelya.html.

Кочергин И. Сказать до свидания. [2022-12-01]. https://magazines.gorky.media/novyi_mi/2006/7/skazat-do-svidaniya.html.

Кочергин И. Чувствительность к географии. [2022-12-01]. https://magazines.gorky.media/druzhba/2018/6/chuvstvitelnost-k-geografii.html.

Кузнецова А. Литература—не музей, 30 лет постсоветской литературе: пора разобраться. [2022-12-01]. https://magazines.gorky.media/znamia/2019/1/literatura-ne-muzej.html.

Кузнецова А. Три взгляда на русскую литературу из 2008 года. [2022-12-01]. https://magazines.gorky.media/znamia/2008/3/tri-vzglyada-na-russkuyu-literaturu-iz-2008-goda.html.

Кузьменков А. Быт и нравы темного царства. [2022-12-01]. https://magazines.gorky.media/ural/2013/12/byt-i-nravy-temnogo-czarstva.html.

Курицын В. Постмодернизм: новая первобытная культура. Новый мир, 1992(2): 225-232.

Лебедушкина О. Реалисты-романтики о старом и новом. [2022-12-01]. https://magazines.gorky.media/druzhba/2006/11/realisty-romantiki.html.

Лебедушкина О. Шехерезада жива, пока.... [2022-12-01]. https://magazines.gorky.media/druzhba/2007/3/sheherezada-zhiva-poka.html.

Лейдерман Н., Липовецкий М. Жизнь после смерти, или новые сведения о реализме. [2022-12-01]. https://magazines.gorky.media/novyi_mi/1993/7/zhizn-posle-smerti-ili-novye-svedeniya-o-realizme.html.

Липовецкий М. ПМС (Постмодернизм сегодня). Знамя, 2002(5): 200-211.

Лобанов М. Ценности народного характера: твердыня духа. М.: Институт русской цивилизации, 2010.

Лотман Ю. Беседы о русской культуре: быт и традиции русского дворянства (18-начало 19 века). СПб.: Искусство, 2001.

Макогоненко Г. От Фонвизина до Пушкина: из истории русского реализма. М.: Художественная литератра, 1969.

Маркова Д. Не цельности ради. [2022-12-01]. https://magazines.gorky.media/znamia/2010/3/ne-czelnosti-radi.html.

Маркова Д. Новый-преновый реализм, или опять двадцать пять. [2022-12-01]. https://magazines.gorky.media/znamia/2006/6/novyj-prenovyj-realizm-ili-opyat-dvadczat-pyat.html.

Матвеев А. Реализм. [2022-12-01]. https://magazines.gorky.media/din/2010/2/realizm.html.

Матвеев Д. Демаркация или взаимопроникновение?. [2022-12-01]. https://magazines.gorky.media/continent/2009/141/demarkacziya-ili-vzaimoproniknovenie.html.

Муриков Г. Защита Колесникова. (2015-02-23)[2022-12-01]. https://litrossia.ru/item/4587-oldarchive/.

Новиков В., Рычкова О. Молодой прозаик N. Литературная газета, 20–26 ноября 2002.

Новиков Вл. Литературные медиаперсоны XX века: личность писателя в литературном процессе и в медийном пространстве. М.: Издательство Аспект Пресс, 2017.

Новиков Вл. Роман с литературой. М.: Intrada, 2007.

Новикова Е. «Новый реализм»—его авторы и герои. Сибирский филологический форум, 2019(2): 45-54.

Павлов О. Остановленное время. [2022-12-01]. https://magazines.gorky.media/continent/2002/113/ostanovlennoe-vremya.html.

Плахов А. В сторону и вглубь реальности. [2022-12-01]. https://magazines.gorky.media/vestnik/2021/56/v-storonu-i-vglub-realnosti.html.

Поляков Ю. Как я варил Козленка в молоке. М.: Росмэн-Пресс, 2004.

Пономарева Т. Маргинальный герой в прозе Р. Сенчина. Серия: Литературоведение, журналистика, 2017(2): 274-281.

Поспишил И. О ценностях, власти и ответственности в литературе и искусстве. Новая русистика, 2014(2): 65-68.

Прилепин З. Не чужая смута: один день—один год. М.: АСТ, 2015.

Прилепин З. Патологии. М.: АСТ, 2011.

Пульсон Кл., Иванов А. 90-е—незавершенный гештальт. (2016-09-22) [2022-12-01]. https://godliteratury.ru/articles/2016/09/22/aleksey-ivanov-90-e-nezavershennyy-ge.

Пустовая В. Великая лёгкость: очерки культурного движения. М.: РИПОЛ классик, 2015.

Пустовая В. Диптих. [2022-12-01]. https://magazines.gorky.media/continent/2005/125/diptih.html.

Пустовая В. Матрица бунта. [2022-12-01]. https://magazines.gorky.media/continent/2011/150/matricza-bunta-2.html.

Пустовая В. Пораженцы и преображенцы: о двух актуальных взглядах на реализм. [2022-12-01]. https://magazines.gorky.media/october/2005/5/porazhenczy-i-preobrazhenczy.html.

Пустовая В. Рожденные эволюцией опыты по воспитанию героя. [2022-12-01]. https://magazines.gorky.media/continent/2011/150/rozhdennye-evolyucziej-2.html.

Рассадин С. Долог путь до Нюренберга. [2022-12-01]. https://magazines.gorky.media/continent/2006/128/dolog-put-do-nyurenberga.html.

Ремизова М. Первое лицо главного героя. [2022-12-01]. https://magazines.gorky.media/continent/2011/150/pervoe-liczo-glavnogo-geroya-2.html.

Ремизова М. Только текст: постсоветская проза и ее отражение в литературной критике. М.: Совпадение, 2007.

Рогова А. Счастье Аленушки. Российская газета, 27 мая 2014.

Роль критики в современной литературе (Круглый стол на Форуме молодых писателей). [2022-12-01]. https://voplit.ru/article/rol-kritiki-v-sovremennoj-literature-kruglyj-stol-na-forume-molodyh-pisatelej/.

Ротай Е. «Новый реализм» в современной русской прозе: художественное мировоззрение Р. Сенчина, З. Прилепина, С. Шаргунова. Краснодар: Кубанский государственный университет, 2013.

Рубанов А. Готовься к войне. М.: АСТ, 2012.

Рубанов А. Патриот. М.: АСТ, 2017.

Рудалев А. «Новый реализм»: попытка апологии. [2022-12-01]. https://lit.wikireading.ru/39509.

Рудалев А. Брань с пустотой: основной сюжет русской культуры. Наш современник, 2014(12): 198-201.

Рудалёв А. Второе дыхание «нового реализма». [2022-12-01]. http://glfr.ru/svobodnaja-kafedra/vtoroe-dihanie-novogo-realizma-andrej-rudaljov.html.

Рудалёв А. Катехизис «нового реализма»: вторая волна. [2022-12-01]. https://rospisatel.ru/konferenzija/rudaljev.htm.

Рудалев А. Новая критика распрямила плечи. [2022-12-01]. https://magazines.gorky.media/continent/2006/128/novaya-kritika-raspryamila-plechi.html.

Рудалев А., Беляков С. Хождение в народ: за и против. [2022-12-01]. https://magazines.gorky.media/october/2008/4/hozhdenie-v-narod-za-i-protiv.html.

Рыбаков В. Резьба по идеалу. СПб.: Лимбус Пресс, 2018.

Санаев П. Похороните меня за плинтусом. М.: АСТ, 2013.

Северная Н. Все серьезно, даже больше (О романе Сенчина «Елтышевы»). (2014-09-07)[2022-12-01]. https://www.topos.ru/article/literaturnaya-kritika/vse-serezno-dazhe-bolshe-o-romane-senchina-eltyshevy.

Сенчин Р. Елтышевы. М.: Эксмо, 2011.

Сенчин Р. Не стать насекомым. М.: Литературная Россия, 2011.

Сенчин Р. Об издательстве Елены Шубиной и о том, почему туда стремятся. [2022-12-01]. https://voplit.ru/column-post/ob-izdatelstve-eleny-shubinoj-i-o-tom-pochemu-tuda-stremyatsya/?sform%5Bemail%5D=ranyu06%40163.com.

Сенчин Р. Рассыпанная мозаика. [2022-12-01]. https://magazines.gorky.media/continent/2006/130/rassypannaya-mozaika.html.

Сенчин Р. Свечение на болоте. [2022-12-01]. https://znamlit.ru/publication.php?id=2659.

Серова А. Новый реализм как художественное течение в русской литературе XXI века. Нижний Новгород: Нижегор. гос. ун-т им. Н. И. Лобачевского, 2015.

Скоропанова И. Постмодернистская русская литература. М.: Флинта, 2001.

Славникова О. Прыжок в длину. М.: АСТ, 2018.

Степанян К. Антон Понизовский: обращение в слух. [2022-12-01]. https://magazines.gorky.media/znamia/2013/6/anton-ponizovskij-obrashhenie-v-sluh.html.

Степанян К. Кризис слова на пороге свободы. Знамя, 1999(8): 204-214.

Степанян К. Постмодернизм—боль и забота наша. Вопросы литературы, 1998(5): 32-54.

Степанян К. Реализм как заключительная стадия постмодернизма. Знамя, 1992(9): 231-238.

Степанян К. Реализм как преодоление одиночества. Знамя, 1996(5): 203-210.

Степанян К. Реализм как спасение от снов. Знамя, 1996(11): 194-200.

Сухих И. Русская литература для всех: классное чтение! (От Блока до Бродского). СПб.: Лениздат Команда А, 2013.

Татаринов А. Пути новейшей русской прозы. М.: Флинта, 2015.

Тимина С., и др. Русская литература XX века в зеркале критики. СПб.: Академия, 2003.

Тимина С., Васильев В., Воронина О., и др. Современная русская литература (1990-е гг.–начало XXI в.). СПб: Филологический факультет СПбГУ, 2005.

Тимофеев А. О современной органической критике. [2022-12-01]. https://magazines.gorky.media/october/2015/12/o-sovremennoj-organicheskoj-kritike.html.

Тимофеев А. О сути литературной критики. [2022-12-01]. http://parus.ruspole.info/node/9330.

Тимофеев А. Победы и поражения «нового реализма». Вопросы литературы, 2017(5): 83-106.

Тимофеев А. Правда настоящая и живительная. (2016-01-02)[2022-12-01]. https://litbook.ru/article/8805/.

Тузков С., Тузкова И. Неореализм: жанровостилевые поиски в русской литературе конца XIX–начала XX в. М.: Флинта, 2009.

Тынянов Ю. Архаисты и новаторы. Ленинград: Прибой, 1929.

Филипенко С. Красный крест. М.: Время, 2018.

Филлипова Т. Река времен. Библиотечное дело, 2017(16): 1.

Франк С. Русское мировоззрение. СПб.: Наука, 1996.

Фролов И. Чудище стозевно и безъязыко: «Новый реализм» как диктатура хамства. (2007-01-01)[2022-12-01]. https://lgz.ru/article/chudishche-stozevno-i-bezyazyko/.

Черняк В., Черняк М. Массовая литература в понятиях и терминах. М.: Флинта, 2015.

Черняк М. Актуальная словесность XXI века. М.: Флинта, 2015.

Черняк М. Культ-товары: массовая литература современной России. Библиотечное дело, 2017(16): 75-78.

Черняк М. Современная русская литература. М.: Форум, 2008.

Чупринин С. «Нулевые»: годы компромисса. Знамя, 2009(2): 184-188.

Чупринин С. Русская литература сегодня. Жизнь по понятиям. [2022-12-01]. http://www.e-reading.link/chapter.php/101082/246/Chuprinin_-_Russkaya_literatura_segodnya Zhizn'_po_ ponyatiyam.html.

Шаргунов А., Сенчин Р. Сибирь: счастье за горами. М.: АСТ, 2022.

Шаргунов С. Книга без фотографий. М.: Альпина-нон-фикшн, 2011.

Шаргунов С. Отрицание траура. [2022-12-01]. https://magazines.gorky.media/novyi_mi/2001/12/otriczanie-traura.html.

Шаргунов С. Свои. (2020-01-22)[2022-12-01]. https://shargunov.com/svoi.html.

Шаргунов С. Стратегически мы победили. [2022-12-01]. https://magazines.gorky.media/continent/2005/125/strategicheski-my-pobedili.html.

Шаргунов С. Ура. (2012-03-19)[2022-12-01]. https://shargunov.com/ura.html.

Шаргунов С. Многое покажет этот год и следующий. [2022-12-01]. https://shargunov.com/intervyu/sergey-shargunov-mnogoe-pokazhet-etot-god-i-sleduyushchiy.html.

Шаров В. «Реалистические» соображения. [2022-12-01]. https://magazines.gorky.media/znamia/2000/4/realisticheskie-soobrazheniya.html.

Ширяев В. 1001 нож в спину нового реализма. [2022-12-01]. https://magazines.gorky.media/ural/2011/1/1001-nozh-v-spinu-novogo-realizma.html.

Щеглова Ев. Художественная литература и критика. [2022-12-01]. https://magazines.gorky.media/continent/2005/125/hudozhestvennaya-literatura-i-kritika-12.html.

Щеглова Ев. Художественная литература и критика. [2022-12-01]. https://magazines.gorky.media/continent/2006/129/hudozhestvennaya-literatura-i-kritika-14.html.

Щеглова Ев., Дугина И. Художественная литература и критика. [2022-12-01]. https://magazines.gorky.media/continent/2007/132/hudozhestvennaya-literatura-i-kritika-15.html.

Щеглова Ев., Дугина И., и др. Художественная проза и литературная критика в русской периодике четвертого квартала 2001 г. [2022-12-01]. https://magazines.gorky.media/continent/2002/111/hudozhestvennaya-proza-i-literaturnaya-kritika-v-russkoj-periodike-chetvertogo-kvartala-2001-g.html.

Эпштейн М. Новая этика или старая идеология?. [2022-12-01]. https://magazines.gorky.media/znamia/2021/8/novaya-etika-ili-staraya-ideologiya.html.

Эпштейн М. Постмодерн в русской литературе. М.: Высшая школа, 2003.

Эрнст Г. О «новом реализме». [2022-12-01]. https://magazines.gorky.media/inostran/1993/11/o-novom-realizme.html?ysclid=lvmgu7m6b5886241467.

Юзефович и Букша о службе Захара Прилепина в армии ДНР. (2017-02-13)[2022-12-01]. https://godliteratury.ru/articles/2017/02/13/yuzefovich-i-buksha-o-sluzhbe-zakhara-prile.

Яранцев В. Всегда в движении. [2022-12-01]. https://magazines.gorky.media/din/2016/6/vsegda-v-dvizhenii.html.

附　录

当代俄罗斯新现实主义
主要作家代表性作品与评论文章

安德烈·安提平（Андрей Антипин）

代表性作品

Антипин А. Зачем?. Сибирь, 2006(4): 97-104.

Антипин А. В Вербное Воскресенье. Сибирь, 2007(4): 149-173.

Антипин А. Соболь на счастье. [2022-12-01]. http://moskvam.ru/publications/publication_81.html.

Антипин А. Житейная история. Иркутск: Сибирская книга, 2012.

Антипин А. Плакали чайки. [2022-12-01]. http://www.nash-sovremennik.ru/archive/2012/n1/1201-02.pdf.

Антипин А. Капли марта. Иркутск: Издатель Сапронов Г. К., 2012.

Антипин А. Горькая трава. [2022-12-01]. http://www.nash-sovremennik.ru/archive/2013/n4/1304-02.pdf.

Антипин А. У самого синего моря.... Сибирь, 2013(4): 78-97.

Антипин А. Тоска. Юность, 2014(3): 109-115.

Антипин А. Дядька. [2022-12-01]. http://www.nash-sovremennik.ru/archive/2014/n9/1409-02.pdf.

Антипин А. Смола. [2022-12-01]. http://www.nash-sovremennik.ru/archive/2015/n10/1510-02.pdf.

Антипин А. Чем жив человек?. Бийский вестник, 2016(1): 5-24.

Антипин А. Две реки, две судьбы. Сибирь, 2017(3): 213-228.

Антипин А. Я замолчал на много лет…. Сибирь, 2017(6): 242-250.

Антипин А. Шёл я лесом-камышом. [2022-12-01]. http://www.nash-sovremennik.ru/archive/2018/n8/1808-03.pdf.

Антипин А. Теплоход «Благовещенск». [2022-12-01]. https://magazines.gorky.media/wp-content/uploads/2019/08/04-ANTIPIN.pdf.

Антипин А. Русские песни. [2022-12-01]. https://xn--80alhdjhdcxhy5hl.xn--p1ai/content/russkie-pesni.

Антипин А. Стиль: стихи из книги «Прощание с прозой». (2018-06-29) [2022-12-01]. https://litrossia.ru/item/andrej-antipin-stil/.

Антипин А. Живые листья: из книги миниатюр. Сибирь, 2020(5): 66-96.

评论文章

Антипин А. После Распутина: из выступления на Шанхайском форуме писателей. [2022-12-01]. http://www.nash-sovremennik.ru/archive/2016/n3/1603-17.pdf.

安德烈·格拉西莫夫（Андрей Геласимов）

代表性作品

Геласимов А. Нежный возраст. [2022-12-01]. https://magazines.gorky.media/october/2001/12/nezhnyj-vozrast.html.

Геласимов А. Год обмана. М.: Эксмо, 2004.

Геласимов А. Обещание. [2022-12-01]. https://magazines.gorky.media/october/2005/6/obeshhanie.html.

Геласимов А. Фокс Малдер похож на свинью. М.: ОГИ, 2005.

Геласимов А. Атамановка. [2022-12-01]. https://magazines.gorky.media/october/2006/10/atamanovka.htm.

Геласимов А. Жажда. М.: Эксмо, 2009.

Геласимов А. Рахиль. М.: Эксмо, 2010.

Геласимов А. Кольцо Белого Волка. М.: Эксмо, 2010.

Геласимов А. Степные боги. М.: Эксмо, 2010.

Геласимов А. Семейный случай. [2022-12-01]. https://magazines.gorky.media/october/2010/8/semejnyj-sluchaj.html.

Геласимов А. Холод. М.: Эксмо, 2015.

Геласимов А. Десять историй о любви. М.: Эксмо, 2015.

Геласимов А. Ты можешь. М.: Эксмо, 2015.

Геласимов А. Геласимов, Панюшкин, Муравьева: мы памяти победы верны. М.: Эксмо, 2015.

Геласимов А. Геласимов, Щербакова, Трауб: первая любовь. М.: Эксмо, 2015.

Геласимов А. Камчатка. [2022-12-01]. https://magazines.gorky.media/october/2017/8/kamchatka-2.html.

Геласимов А. Роза ветров. М.: Городец, 2018.

Геласимов А. Чистый кайф. М.: ИД «Флюид ФриФлай», 2019.

Геласимов А. Дьокуускай. [2022-12-01]. https://magazines.gorky.media/druzhba/2019/12/dokuuskaj.html.

Геласимов А. Дом на Озёрной. М.: Эксмо, 2021.

评论文章

Геласимов А. Говорят финалисты премии Ивана Петровича Белкина. [2022-12-01]. https://magazines.gorky.media/znamia/2002/6/govoryat-finalisty-premii-ivana-petrovicha-belkina.html.

Геласимов А. Компрессия времени. [2022-12-01]. https://magazines.gorky.media/bereg/2005/9/kompressiya-vremeni.html.

Геласимов А. Биробиджан—2008. [2022-12-01]. https://magazines.gorky.media/october/2009/4/birobidzhan-8211-2008.html.

Геласимов А. Контрапункт запахов. [2022-12-01]. https://magazines.gorky.media/october/2010/11/kontrapunkt-zapahov.html.

Геласимов А. Читай, читай. [2022-12-01]. https://magazines.gorky.media/druzhba/2016/10/chitaj-chitaj-2.html.

Геласимов А. «Только детские книги читать…». [2022-12-01]. https://magazines.gorky.media/druzhba/2020/11/tolko-detskie-knigi-chitat-4.html.

叶夫根尼·格里什科维茨（Евгений Гришковец）

代表性作品

Гришковец Е. Как я съел собаку. М.: АСТ, 2004.

Гришковец Е. Рубашка. М.: Время, 2005.

Гришковец Е. Спокойствие. [2022-12-01]. https://magazines.gorky.media/znamia/2005/1/spokojstvie.html.

Гришковец Е. Погребение ангела. [2022-12-01]. https://magazines.gorky.media/znamia/2006/2/pogrebenie-angela.html.

Гришковец Е. Дредноуты. М.: Махаон, 2008.

Гришковец Е. Год жжизни. М.: АСТ, 2008.

Гришковец Е. Зима. М.: Эксмо, 2009.

Гришковец Е. Сатисфакция. М.: Махаон, 2010.

Гришковец Е. Продолжение жжизни. М.: АСТ, 2010.

Гришковец Е. 151 эпизод жжизни. М.: Махаон, 2011.

Гришковец Е. Асфальт. М.: Махаон, 2011.

Гришковец Е. Ангина. [2022-12-01]. https://magazines.gorky.media/znamia/2011/7/angina.html.

Гришковец Е. От жжизни к жизни. М.: Махаон, 2012.

Гришковец Е. Планка. М.: Махаон, 2013.

Гришковец Е. Почти рукописная жизнь. М.: Махаон, 2013.

Гришковец Е. Письма к Андрею: записки об искусстве. М.: Махаон, 2013.

Гришковец Е. Одновременно: жизнь. М.: Эксмо, 2014.

Гришковец Е. Избранные записи. М.: Эксмо, 2014.

Гришковец Е. Боль. М.: Махаон, 2014.

Гришковец Е. Уик энд (Конец недели). М.: Махаон, 2014.

Гришковец Е. Реки. М.: Эксмо, 2015.

Гришковец Е. Следы на мне. М.: Эксмо, 2015.

Гришковец Е. Лето—лето и другие времена года. М.: Эксмо, 2017.

Гришковец Е. Театр отчаяния, или отчаянный театр. М.: АВТОР, 2018.

Гришковец Е. Водка как нечто большее. М.: АВТОР, 2020.

Гришковец Е. Весы и другие пьесы. М.: Эксмо, 2020.

伊利亚·科切尔金（Илья Кочергин）

代表性作品

Кочергин И. Алтынай. [2022-12-01]. https://magazines.gorky.media/novyi_mi/2000/11/altynaj.html.

Кочергин И. Волки. [2022-12-01]. https://magazines.gorky.media/novyi_mi/2001/6/volki.html.

Кочергин И. Алтайские [2022-12-01]. https://magazines.gorky.media/znamia/2001/12/altajskie-rasskazy.html.

Кочергин И. Потенциальный покупатель. [2022-12-01]. https://magazines.gorky.media/druzhba/2003/2/potenczialnyj-pokupatel.html.

Кочергин И. Красная палатка в снегах Килиманджаро. [2022-12-01]. https://magazines.gorky.media/druzhba/2005/1/krasnaya-palatka-v-snegah-kilimandzharo.html.

Кочергин И. Сон-остров. [2022-12-01]. https://magazines.gorky.media/znamia/2005/3/son-ostrov.html.

Кочергин И. Сказать до свидания. [2022-12-01]. https://magazines.gorky.media/novyi_mi/2006/7/skazat-do-svidaniya.html.

Кочергин И. Золотое кольцо. [2022-12-01]. https://magazines.gorky.media/continent/2006/130/zolotoe-kolczo.html.

Кочергин И. Помощник китайца: Я внук твой. Екб.: Издательские решения, 2009.

Кочергин И. Нечаянная радость. [2022-12-01]. https://magazines.gorky.media/znamia/2011/12/nechayannaya-radost-2.html.

Кочергин И. Зависимые. [2022-12-01]. https://magazines.gorky.media/druzhba/2013/3/zavisimye.html.

Кочергин И. Фея. [2022-12-01]. https://magazines.gorky.media/znamia/2015/2/feya.html.

Кочергин И. Чужой доктор. [2022-12-01]. https://magazines.gorky.media/october/2015/5/chuzhoj-doktor.html.

Кочергин И. Поскребыш. [2022-12-01]. https://magazines.gorky.media/novyi_mi/2015/10/poskrebysh.html.

Кочергин И. Средь долины Тавазэнта. [2022-12-01]. https://magazines.gorky.media/october/2017/8/sred-doliny-tavazenta.html.

Кочергин И. Ich Любэ Dich. M.: Рипол Классик, 2018.

Кочергин И. Экспедиция. [2022-12-01]. http://www.nm1925.ru/Archive/Journal6_2018_11/Content/Publication6_7041/Default.aspx.

Кочергин И. Сахар. [2022-12-01]. http://www.nm1925.ru/Archive/Journal6_2020_2/Content/Publication6_7385/Default.aspx.

Кочергин И. Хасиенда. [2022-12-01]. http://www.nm1925.ru/Archive/Journal6_2020_8/Content/Publication6_7526/Default.aspx.

Кочергин И. Наследство. [2022-12-01]. http://www.nm1925.ru/Archive/Journal6_2021_4/Content/Publication6_7726/Default.aspx.

评论文章

Кочергин И. Шедевр как продукт. M.: ACT, 2012.

Кочергин И. На пониженной. [2022-12-01]. https://magazines.gorky.media/znamia/2015/4/na-ponizhennoj.html.

Кочергин И. Жизнь в присутствии писателя. [2022-12-01]. https://magazines.gorky.media/october/2016/12/zhizn-v-prisutstvii-pisatelya.html.

Кочергин И. «Сам себе на заклание» (Дмитрий Новиков. Голомяное пламя). [2022-12-01]. https://magazines.gorky.media/novyi_mi/2016/9/sam-sebe-na-zaklanie.html.

Кочергин И. Позиция художника или психотерапевта (Андрей Олех. Безымянлаг). [2022-12-01]. https://magazines.gorky.media/novyi_mi/2017/1/pozicziya-hudozhnika-ili-psihoterapevta.html.

Кочергин И. Она может двигать тобой. [2022-12-01]. https://magazines.gorky.media/october/2017/9/ona-mozhet-dvigat-toboj.html.

Кочергин И. Литература поиска (Александр Бушковский. Праздник лишних орлов). [2022-12-01]. https://magazines.gorky.media/october/2017/12/

literatura-poiska.html.

Кочергин И. Чувствительность к географии. [2022-12-01]. https://magazines.gorky.media/druzhba/2018/6/chuvstvitelnost-k-geografii.html.

Кочергин И. Чехова забыли. Культура путешествий в Серебряном веке: исследования и рецепции. [2022-12-01]. https://magazines.gorky.media/znamia/2020/5/chehova-zabyli.html.

Кочергин И. Есть амулет, подобный вещей птице…. [2022-12-01]. https://magazines.gorky.media/druzhba/2020/7/est-amulet-podobnyj-veshhej-pticze.html.

Кочергин И. Примерить город как пальто. [2022-12-01]. https://magazines.gorky.media/znamia/2020/12/primerit-gorod-kak-palto.html.

Кочергин И. Охота к перемене мест в периодике 2020 года. [2022-12-01]. https://magazines.gorky.media/znamia/2021/3/ohota-k-peremene-mest-v-periodike-2020-goda.html.

Кочергин И. Первоснежка. [2022-12-01]. https://magazines.gorky.media/znamia/2021/4/pervosnezhka.html.

Кочергин И. Форпост империи. [2022-12-01]. https://magazines.gorky.media/znamia/2021/8/forpost-imperii.html.

弗拉基米尔·克拉夫琴科（Владимир Кравченко）

代表性作品

Кравченко В. Прохожий проспекта Мира. [2022-12-01]. https://magazines.gorky.media/novyi_mi/1993/9/prohozhij-prospekta-mira.html.

Кравченко В. Книга реки: в одиночку под парусом. СПб.: ФормаТ, 2014.

Кравченко В. Из пороха в порох. [2022-12-01]. https://magazines.gorky.media/novyi_mi/2004/12/iz-poroha-v-poroh.html.

Кравченко В. Вечный календарь. [2022-12-01]. https://magazines.gorky.media/druzhba/2005/3/vechnyj-kalendar.html.

Кравченко В. Тбилиси—Баку-86. [2022-12-01]. https://magazines.gorky.media/znamia/2013/6/tbilisi-8212-baku-86.html.

Кравченко В. Не поворачивай головы. Просто поверь мне…. М.: РИПОЛ-классик, 2016.

Кравченко В. Ужин с клоуном. СПб.: ФормаТ, 2018.

评论文章

Кравченко В. «Хождение за три моря»: опыт. [2022-12-01]. https://magazines.gorky.media/znamia/2014/10/hozhdenie-za-tri-morya-opyt.html.

伊琳娜·玛玛耶娃（Ирина Мамаева）

代表性作品

Мамаева И. Ленкина свадьба. [2022-12-01]. https://magazines.gorky.media/druzhba/2005/6/lenkina-svadba.html.

Мамаева И. Земля Гай. М.: Вагриус, 2006.

Мамаева И. С дебильным лицом. М.: АСТ, 2009.

Мамаева И. Наследницы белкина. М.: КоЛибри, 2010.

Мамаева И. Бутыль. Дружба народов, 2010(9): 33-48.

Мамаева И. Колдовство Заонежья. Октябрь, 2017(6): 137-140.

Мамаева И. Entre nous. Наш современник, 2007(10): 169-176.

Мамаева И. Лучше оленей. Новый мир, 2020(11): 7-49.

评论文章

Мамаева И. Шестнадцать карт. [2022-12-01]. https://magazines.gorky.media/ural/2012/1/shestnadczat-kart.html.

Мамаева И. Россия—множественное число. [2022-12-01]. https://magazines.gorky.media/october/2017/6/rossiya-mnozhestvennoe-chislo.html.

德米特里·诺维科夫（Дмитрий Новиков）

代表性作品

Новиков Д. Танго Карельского перешейка. СПб.: Геликон Плюс, 2001.

Новиков Д. Рассказы. [2022-12-01]. https://magazines.gorky.media/druzhba/2002/12/rasskazy-121.html.

Новиков Д. Муха в янтаре. СПб.: Геликон+Амфора, 2003.

Новиков Д. Куйпога. [2022-12-01]. https://magazines.gorky.media/novyi_mi/2003/4/kujpoga.html.

Новиков Д. Друг и брат. [2022-12-01]. https://magazines.gorky.media/znamia/2005/7/drug-i-brat.html.

Новиков Д. Кло. [2022-12-01]. https://magazines.gorky.media/druzhba/2005/8/klo.html.

Новиков Д. Происхождение стиля. [2022-12-01]. https://magazines.gorky.media/continent/2005/125/proishozhdenie-stilya.html.

Новиков Д. Вожделение: повесть в рассказах. М.: Вагриус, 2005.

Новиков Д. Строить! Очерк. [2022-12-01]. https://magazines.gorky.media/znamia/2007/9/stroit.html.

Новиков Д. Беломор. [2022-12-01]. https://magazines.gorky.media/druzhba/2007/9/belomor.html.

Новиков Д. Военный юрист Ваня. [2022-12-01]. https://magazines.gorky.media/october/2008/5/voennyj-yurist-vanya.html.

Новиков Д. Новая Пушкинская премия: альманах, 2005–2009. М.: Формат-М, 2009.

Новиков Д. Змей. [2022-12-01]. https://magazines.gorky.media/znamia/2011/7/zmej-2.html.

Новиков Д. В сетях Твоих. Петрозаводск: Verso, 2012.

Новиков Д. Муки-муки. [2022-12-01]. https://magazines.gorky.media/october/2014/7/muki-muki.html.

Новиков Д. Жизнь. [2022-12-01]. https://magazines.gorky.media/

october/2014/10/zhizn-3.html.

Новиков Д. Голомяное пламя. М.: АСТ, 2017.

评论文章

Новиков, Д. Поморские сказы имени Шотмана, или Мифы нового реализма. [2022-12-01]. https://voplit.ru/article/pomorskie-skazy-imeni-shotmana-ili-mify-novogo-realizma/.

Новиков Д. Железное счастье дорог. [2022-12-01]. https://magazines.gorky.media/october/2009/4/zheleznoe-schaste-dorog.html.

Новиков Д. Шестнадцать карт. [2022-12-01]. https://magazines.gorky.media/ural/2012/1/shestnadczat-kart.html.

Новиков, Д. Другая река. [2022-12-01]. https://magazines.gorky.media/din/2014/6/drugaya-reka.html.

Новиков, Д. Второрожденье. De profundis. [2022-12-01]. https://magazines.gorky.media/prosodia/2017/7/vtororozhdene-de-profundis.html.

扎哈尔·普里列平（Захар Прилепин）

代表性作品

Прилепин З. Патологии. М.: Андреевский флаг, 2005.

Прилепин З. Рассказы. [2022-12-01]. https://magazines.gorky.media/novyi_mi/2005/5/rasskazy-171.html.

Прилепин З. Санькя. М.: Ad Marginem, 2006.

Прилепин З. Колеса. [2022-12-01]. https://magazines.gorky.media/druzhba/2006/10/kolesa.html.

Прилепин З. Грех. М.: Вагриус, 2007.

Прилепин З. Два рассказа. [2022-12-01]. https://magazines.gorky.media/druzhba/2007/1/dva-rasskaza-107.html.

Прилепин З. Сержант. [2022-12-01]. https://magazines.gorky.media/novyi_mi/2007/2/serzhant.html.

Прилепин З. Какой случится день недели. Тула: Ясная поляна, 2008.

Прилепин З. Ботинки, полные горячей водкой. М.: АСТ, 2008.

Прилепин З. Я пришёл из России. СПб.: Лимбус Пресс, 2008.

Прилепин З. Война (антология рассказов). М.: АСТ, 2008.

Прилепин З. Terra Tartarara: это касается лично меня. М.: АСТ, 2009.

Прилепин З. Революция (антология рассказов). М.: АСТ, 2009.

Прилепин З. Именины сердца: разговоры с русской литературой. М.: АСТ, 2009.

Прилепин З. Леонид Леонов: игра его была огромна. М.: Молодая гвардия, 2010.

Прилепин З. Чёрная обезьяна. М.: Астрель, 2011.

Прилепин З. Литперрон. Нижний Новгород: Книги, 2011.

Прилепин З. Десятка (антология современной прозы). М.: Ad Marginem, 2011.

Прилепин З. К нам едет Пересвет. М.: Астрель, 2012.

Прилепин З. Восьмёрка (сборник повестей). М.: Астрель, 2012.

Прилепин З. Дорога в декабре. М.: Астрель, 2012.

Прилепин З. «Лимонка в тюрьму» (антология воспоминаний о современной тюрьме членов НБП). М.: Центрполиграф, 2012.

Прилепин З. Книгочёт. М.: Астрель, 2012.

Прилепин З. 14 (антология современной женской прозы). М.: АСТ, 2012.

Прилепин З. Обитель. М.: АСТ, 2014.

Прилепин З. Летучие бурлаки. М.: АСТ, 2015.

Прилепин З. Не чужая смута: один день-один год. М.: АСТ, 2015.

Прилепин З. Непохожие поэты: tрагедии и судьбы большевистской эпохи. М.: Молодая гвардия, 2015.

Прилепин З. Библиотека Захара Прилепина: поэты XX века. М.: Молодая гвардия, 2015.

Прилепин З. Семь жизней (сборник малой прозы). М.: АСТ, 2016.

Прилепин З. Лимонка в войну (антология военных воспоминаний нацболов). М.: Алгоритм, 2016.

Прилепин З. Письма с Донбасса: всё, что должно разрешиться… Хроника идущей Войны. М.: АСТ, 2017.

Прилепин З. Взвод: офицеры и ополченцы русской литературы. М.: АСТ, 2017.

Прилепин З. Жизнь и строфы Анатолия Мариенгофа. М.: Молодая гвардия, 2018.

Прилепин З. Некоторые не попадут в ад. М.: АСТ, 2019.

Прилепин З. Истории из лёгкой и мгновенной жизни. М.: АСТ, 2019.

Прилепин З. Есенин: обещая встречу впереди. М.: Молодая гвардия, 2019.

Прилепин З. Имя рек: 40 причин поспорить о главном. М.: АСТ, 2019.

Прилепин З. Ополченский романс. М.: АСТ, 2020.

评论文章

Прилепин З. Все лучше и лучше. [2022-12-01]. https://magazines.gorky.media/druzhba/2008/1/vse-luchshe-i-luchshe.html.

Прилепин З. Шли поэты по Руси, по Сибири-матушке. [2022-12-01]. https://magazines.gorky.media/october/2009/4/shli-poety-po-rusi-po-sibiri-matushke.html.

Прилепин З. Русские пираты на французской суше. [2022-12-01]. https://magazines.gorky.media/october/2010/11/russkie-piraty-na-franczuzskoj-sushe.html.

Прилепин З. Книжная полка Захара Прилепина. [2022-12-01]. https://magazines.gorky.media/novyi_mi/2011/6/knizhnaya-polka-zahara-prilepina.html.

谢尔盖·萨姆索诺夫（Сергей Самсонов）

代表性作品

Самсонов С. Ноги. СПб.: Амфора, 2007.

Самсонов С. Аномалия Камлаева. М.: Эксмо, 2008.

Самсонов С. Кислородный предел. М.: Эксмо, 2009.

Самсонов С. Зараза. [2022-12-01]. https://magazines.gorky.media/znamia/2010/4/zaraza.html.

Самсонов С. Проводник электричества. М.: Эксмо, 2011.

Самсонов С. Железная кость. М.: Рипол-Классик, 2017.

Самсонов С. Соколиный рубеж. М.: Рипол-Классик, 2018.

Самсонов С. Дверь. [2022-12-01]. https://magazines.gorky.media/znamia/2018/6/dver-6.html.

Самсонов С. Держаться за землю. СПб.: Пальмира, 2019.

Самсонов С. Высокая кровь. М.: Inspiria, 2020.

评论文章

Самсонов С. После кесарева свечения. [2022-12-01]. https://magazines.gorky.media/october/2010/9/posle-kesareva-svecheniya.html.

Самсонов С. Уроки Виктора Некрасова и современная российская военная проза. [2022-12-01]. https://magazines.gorky.media/znamia/2016/10/uroki-viktora-nekrasova-i-sovremennaya-rossijskaya-voennaya-proza.html.

Самсонов С. «Умножение твоей жизни на чужую жизнь». [2022-12-01]. https://magazines.gorky.media/druzhba/2019/11/umnozhenie-tvoej-zhizni-na-chuzhuyu-zhizn.html.

Самсонов С. Война и мир в XXI веке. [2022-12-01]. https://magazines.gorky.media/druzhba/2020/5/vojna-i-mir-v-xxi-veke-2.html.

罗曼·先钦（Роман Сенчин）

代表性作品

Сенчин Р. В норе. М.: Эксмо, 1995.

Сенчин Р. Сегодня как завтра. М.: Эксмо, 1997.

Сенчин Р. Алексеев—счастливый человек. М.: Эксмо, 1998.

Сенчин Р. Минус. М.: Эксмо, 2002.

Сенчин Р. Нубук. М.: Эксмо, 2003.

Сенчин Р. Шайтан. М.: Эксмо, 2004.

Сенчин Р. Мы идем в гости. М.: Эксмо, 2005.

Сенчин Р. День без числа. М.: Лит. Россия, 2006.

Сенчин Р. Ничего страшного. М.: Зебра-Е, 2007.

Сенчин Р. Между оттепелью и смутой: антология рассказа, 1958–2007. М.: Литературная Россия, 2007.

Сенчин Р. Народ мой—большая семья: литература наших дней. М.: Лит. Россия, 2007.

Сенчин Р. Новые писатели: проза, поэзия, драматургия, критика. М.: Вагриус, 2008.

Сенчин Р. Поэзия она живет, как мы: антология поэзии 1958–2008. М.: Лит. Россия, 2008.

Сенчин Р. Вперед и вверх на севших батарейках. М.: Вагриус, 2008.

Сенчин Р. Рассыпанная мозаика: статьи о современной литературе. М.: Лит. Россия, 2008.

Сенчин Р. Всё нормально. М.: Эксмо, 2009.

Сенчин Р. Новая русская критика: нулевые годы. М.: Олимп, 2009.

Сенчин Р. Пламя искания: антология критики, 1958–2008. М.: Лит. Россия, 2009.

Сенчин Р. Московские тени. М.: Эксмо, 2009.

Сенчин Р. Елтышевы. М.: Эксмо, 2009.

Сенчин Р. Искушение. М.: Эксмо, 2010.

Сенчин Р. Иджим. М.: Эксмо, 2010.

Сенчин Р. Лед под ногами: дневник одного провинциала. М.: Астрель, 2010.

Сенчин Р. Абсолютное соло. М.: Эксмо, 2010.

Сенчин Р. Изобилие. М.: КоЛибри, 2010.

Сенчин Р. У подножия Эльбруса. М.: Литературная Россия, 2010.

Сенчин Р. Перед снегом. М.: Эксмо, 2011.

Сенчин Р. За встречу. М.: Эксмо, 2011.

Сенчин Р. Мелочи. М.: Эксмо, 2011.

Сенчин Р. Прогноз погоды. М.: Эксмо, 2011.

Сенчин Р. Не стать насекомым. М.: Литературная Россия, 2011.

Сенчин Р. На черной лестнице. М.: АСТ, 2011.

Сенчин Р. Информация. М.: Эксмо, 2011.

Сенчин Р. Тува. М.: Ад Маргинем Пресс, 2012.

Сенчин Р. Теплый год ледникового периода. М.: Литературная Россия, 2013.

Сенчин Р. Чего вы хотите?. М.: Эксмо, 2013.

Сенчин Р. Казачьему роду нет переводу. М.: Литературная Россия, 2013.

Сенчин Р. Наш последний эшелон. М.: Эксмо, 2013.

Сенчин Р. В обратную сторону. М.: Эксмо, 2014.

Сенчин Р. Я был бессмертен в каждом слове…. М.: Литературная Россия, 2014.

Сенчин Р. Зона затопления. М.: АСТ, 2015.

Сенчин Р. По пути в лету. М.: Литературная Россия, 2015.

Сенчин Р. У окна. М.: Эксмо, 2016.

Сенчин Р. Дима. М.: Эксмо, 2016.

Сенчин Р. Напрямик. М.: Эксмо, 2016.

Сенчин Р. Покушение на побег. М.: Эксмо, 2016.

Сенчин Р. Конгревова ракета. М.: Время, 2017.

Сенчин Р. Проба чувств. М.: Эксмо, 2017.

Сенчин Р. Рок умер—а мы живём. М.: Эксмо, 2017.

Сенчин Р. Срыв: проза жизни. М.: АСТ, 2017.

Сенчин Р. Постоянное напряжение. М.: Эксмо, 2017.

Сенчин Р. Дорога. М.: Эксмо, 2018.

Сенчин Р. Дождь в Париже. М.: АСТ, 2018.

Сенчин Р. Квартирантка с двумя детьми. М.: Эксмо, 2018.

Сенчин Р. Онтология сквера: сборник. Екб.: Кабинетный ученый, 2019.

Сенчин Р. Петля. М.: АСТ, 2020.

Сенчин Р. Петербургские повести. М.: Эксмо, 2020.

Сенчин Р. Нулевые: проза начала века. М.: АСТ, 2021.

评论文章

Сенчин Р. Павел Хлебников: крестный отец Кремля Борис Березовский, или История разграбления России. [2022-12-01]. https://magazines.gorky.media/znamia/2002/4/pavel-hlebnikov-krestnyj-otecz-kremlya-boris-berezovskij-ili-istoriya-razgrableniya-rossii.html.

Сенчин Р. Свечение на болоте. [2022-12-01]. https://znamlit.ru/publication.php?id=2659.

Сенчин Р. О жизни всерьез. [2022-12-01]. https://magazines.gorky.media/druzhba/2006/7/o-zhizni-vserez.html.

Сенчин Р. Без фильтра: два рассказа об одном и том же. [2022-12-01]. https://magazines.gorky.media/sib/2006/12/bez-filtra-dva-rasskaza-ob-odnom-i-tom-zhe.html.

Сенчин Р. Рассыпанная мозаика. [2022-12-01]. https://magazines.gorky.media/continent/2006/130/rassypannaya-mozaika.html.

Сенчин Р. Первый том. [2022-12-01]. https://magazines.gorky.media/sib/2007/5/pervyj-tom.html.

Сенчин Р. Перекличка с написанным: фотовыставка Ильи Кочергина. [2022-12-01]. https://magazines.gorky.media/znamia/2007/9/pereklichka-s-napisannym-fotovystavka-ili-kochergina.html.

Сенчин Р. Летописец или компилятор. [2022-12-01]. https://magazines.gorky.media/sib/2009/1/letopisecz-ili-kompilyator.html.

Сенчин Р. Сергей Шаргунов: битва за воздух свободы. [2022-12-01]. https://magazines.gorky.media/znamia/2009/5/sergej-shargunov-bitva-za-vozduh-svobody.html.

Сенчин Р. Что там, за Уралом. [2022-12-01]. https://magazines.gorky.media/october/2009/8/chto-tam-za-uralom.html.

Сенчин Р. Захар Прилепин: Terra Tartarara. [2022-12-01]. https://magazines.gorky.media/znamia/2009/11/zahar-prilepin-terra-tartarara.html.

Сенчин Р. Питомцы стабильности или грядущие бунтари?. [2022-12-01]. https://magazines.gorky.media/druzhba/2010/1/pitomczy-stabilnosti-ili-gryadushhie-buntari.html.

Сенчин Р. Сидя на московской кухне. [2022-12-01]. https://magazines.gorky.media/druzhba/2010/4/sidya-na-moskovskoj-kuhne.html.

Сенчин Р. Летописец печальных времен. [2022-12-01]. https://magazines.gorky.media/october/2010/7/letopisecz-pechalnyh-vremen.html.

Сенчин Р. Леонид Теракопян: между исповедью и проповедью. [2022-12-01]. https://magazines.gorky.media/znamia/2011/2/leonid-terakopyan-mezhdu-ispovedyu-i-propovedyu.html.

Сенчин Р. Феофаныч. [2022-12-01]. https://magazines.gorky.media/din/2013/6/feofanych.html.

Сенчин Р. Из тайных книг. [2022-12-01]. https://magazines.gorky.media/druzhba/2014/3/iz-tajnyh-knig.html.

Сенчин Р. Два «Возвращения». [2022-12-01]. https://magazines.gorky.media/druzhba/2015/12/dva-vozvrashheniya.html.

Сенчин Р. Драма Валентина Распутина. [2022-12-01]. https://magazines.gorky.media/ural/2016/3/drama-valentina-rasputina.html.

Сенчин Р. Городской журнал российского значения. [2022-12-01]. https://magazines.gorky.media/znamia/2016/4/gorodskoj-zhurnal-rossijskogo-znacheniya.html.

Сенчин Р. Большой роман не появляется готовеньким. [2022-12-01]. https://magazines.gorky.media/znamia/2016/5/bolshoj-roman-ne-poyavlyaetsya-gotovenkim.html.

Сенчин Р. Рассказы в литературных журналах первой половины 2016 года. [2022-12-01]. https://magazines.gorky.media/znamia/2016/9/rasskazy-v-literaturnyh-zhurnalah-pervoj-poloviny-2016-goda.html.

Сенчин Р. «Я очень боялся, что Сильвера убьют…». [2022-12-01]. https://magazines.gorky.media/druzhba/2016/11/ya-ochen-boyalsya-chto-silvera-ubyut.html.

Сенчин Р. Сирин под микроскопом. [2022-12-01]. https://magazines.gorky.media/ural/2017/4/sirin-pod-mikroskopom.html.

Сенчин Р. У каменной стены. [2022-12-01]. https://magazines.gorky.media/ural/2017/7/u-kamennoj-steny.html.

Сенчин Р. Литературный портрет в исполнении критика-криминалиста. [2022-12-01]. https://magazines.gorky.media/ural/2018/1/literaturnyj-portret-v-ispolnenii-kritika-kriminalista.html.

Сенчин Р. Хождение в импринт. [2022-12-01]. http://www.nm1925.ru/Archive/Journal6_2018_7/Content/Publication6_6962/Default.aspx.

Сенчин Р. Запоздание в четверть века. [2022-12-01]. http://www.nm1925.ru/Archive/Journal6_2020_4/Content/Publication6_7449/Default.aspx.

Сенчин Р. В форме конспекта. [2022-12-01]. https://magazines.gorky.media/ural/2020/8/v-forme-konspekta.html.

亚历山大·斯内吉列夫（Александр Снегирев）

代表性作品

Снегирев А. Волшебник, измени настоящее!. СПб.: Невский проспект, 2004.

Снегирев А. Мой мир—это мой выбор! Осознай свою новую реальность. СПб.: Невский проспект, 2004.

Снегирев А. Попасть на Новодевичье Кладбище Авиэль. [2022-12-01]. https://magazines.gorky.media/din/2006/1/143590.html.

Снегирев А. Рассказы. Вступление Евгения Попова. [2022-12-01]. https://magazines.gorky.media/znamia/2006/7/rasskazy-198.html.

Снегирев А. Нефертити. [2022-12-01]. https://magazines.gorky.media/din/2007/1/nefertiti.html.

Снегирев А. Два рассказа. [2022-12-01]. https://magazines.gorky.media/znamia/2008/3/dva-rasskaza-131.html.

Снегирев А. Не пугайтесь, девушка!. [2022-12-01]. https://magazines.gorky.media/october/2008/5/ne-pugajtes-devushka.html.

Снегирев А. Д. Р. [2022-12-01]. https://magazines.gorky.media/znamia/2009/1/d-r.html.

Снегирев А. Два рассказа. [2022-12-01]. https://magazines.gorky.media/znamia/2010/1/dva-rasskaza-164.html.

Снегирев А. Тщеславие. М.: АСТ, 2010.

Снегирев А. Petroleum Venus. М.: Glas, 2012.

Снегирев А. Зимние праздники. [2022-12-01]. https://magazines.gorky.media/znamia/2012/3/zimnie-prazdniki.html.

Снегирев А. Внутренний враг. [2022-12-01]. https://magazines.gorky.media/novyi_mi/2012/5/vnutrennij-vrag.html.

Снегирев А. Крещенский лед. [2022-12-01]. https://magazines.gorky.media/znamia/2013/2/kreshhenskij-led.html.

Снегирев А. Двухсотграммовый. [2022-12-01]. https://magazines.gorky.

media/october/2013/5/dvuhsotgrammovyj.html.

Снегирев А. Женщина из Малаги. [2022-12-01]. https://magazines.gorky.media/october/2014/1/zhenshhina-iz-malagi.html.

Снегирев А. Бетон. [2022-12-01]. https://magazines.gorky.media/novyi_mi/2014/2/beton.html.

Снегирев А. Новый иконостас. [2022-12-01]. https://magazines.gorky.media/october/2014/10/novyj-ikonostas.html.

Снегирев А. Черный асфальт, желтые листья. [2022-12-01]. https://magazines.gorky.media/october/2014/10/chernyj-asfalt-zheltye-listya.html.

Снегирев А. Строчка в октябре. [2022-12-01]. https://magazines.gorky.media/druzhba/2014/11/strochka-v-oktyabre.html.

Снегирев А. Ты у меня доедешь. [2022-12-01]. https://magazines.gorky.media/october/2015/8/ty-u-menya-doedesh.html.

Снегирев А. Как мы бомбили Америку. М.: Эксмо, 2015.

Снегирев А. Чувство вины. М.: Альпина нон-фикшн, 2015.

Снегирев А. Нефтяная Венера. М.: АСТ, 2016.

Снегирев А. Вера. М.: Эксмо, 2016.

Снегирев А. Как же её звали?. М.: Эксмо, 2016.

Снегирев А. Бил и целовал. М.: Эксмо, 2016.

Снегирев А. Я намерен хорошо провести этот вечер (с факсимиле). М.: Эксмо, 2016.

Снегирев А. Божественный вензель. [2022-12-01]. https://magazines.gorky.media/druzhba/2016/6/bozhestvennyj-venzel.html.

Снегирев А. Занятие, достойное мужчины: охотничий триптих. [2022-12-01]. https://magazines.gorky.media/october/2017/1/zanyatie-dostojnoe-muzhchiny.html.

Снегирев А. Вторая жизнь. [2022-12-01]. https://magazines.gorky.media/druzhba/2017/11/vtoraya-zhizn-2.html.

Снегирев А. Фото в черном бушлате. [2022-12-01]. https://magazines.gorky.media/novyi_mi/2017/6/foto-v-chernom-bushlate.html.

Снегирев А. Мои университеты: сборник рассказов о юности. М.: Эксмо, 2017.

Снегирев А. БеспринцЫпные чтения: от «А» до «Ч». М.: АСТ, 2018.

Снегирев А. Призрачная дорога. М.: Эксмо, 2019.

Снегирев А. Не пропадать же добру. [2022-12-01]. https://magazines.gorky.media/znamia/2019/6/ne-propadat-zhe-dobru.html.

Снегирев А. БеспринцЫпные чтения: некоторые вещи нужно делать самому. М.: АСТ, 2020.

评论文章

Снегирев А. Сделано в Америке. [2022-12-01]. https://magazines.gorky.media/october/2006/5/sdelano-v-amerike.html.

Снегирев А. То самое окно. [2022-12-01]. https://magazines.gorky.media/druzhba/2014/5/to-samoe-okno.html.

Снегирев А. Я люблю: о рассказах и рассказчиках. [2022-12-01]. https://magazines.gorky.media/druzhba/2017/2/ya-lyublyu-2.html.

Снегирев А. Александр Снегирев: «Я смеюсь, потому что люблю...». [2022-12-01]. https://voplit.ru/article/aleksandr-snegirev-ya-smeyus-potomu-chto-lyublyu-besedu-vela-a-zhuchkova/.

Снегирев А. Развоплощенное слово и неубиваемые стихи: литературные итоги 2018 года. [2022-12-01]. https://magazines.gorky.media/druzhba/2019/1/razvoploshhennoe-slovo-i-neubivaemye-stihi.html.

Снегирев А. Жизнь на удалёнке. [2022-12-01]. https://magazines.gorky.media/druzhba/2020/5/zhizn-na-udalyonke.html.

德米特里·菲利波夫（Дмитрий Филиппов）

代表性作品

Филиппов Д. Три времени одиночества. СПб.: Геликон Плюс, 2011.

Филиппов Д. Стратегия 19. [2022-12-01]. https://magazines.gorky.media/znamia/2012/5/strategiya-19.html.

Филиппов Д. Билет в Катманду. [2022-12-01]. https://magazines.gorky.media/volga/2012/11/bilet-v-katmandu.html.

Филиппов Д. Галерная улица. [2022-12-01]. https://magazines.gorky.media/volga/2013/5/galernaya-ulicza.html.

Филиппов Д. Другой берег. [2022-12-01]. https://magazines.gorky.media/neva/2013/8/drugoj-bereg.html.

Филиппов Д. Три дня Осоргина. [2022-12-01]. https://magazines.gorky.media/neva/2014/1/tri-dnya-osorgina.html.

Филиппов Д. Я—русский. М.: Литературная Россия, 2015.

评论文章

Филиппов Д. Герман Садулаев. Прыжок волка. [2022-12-01]. https://magazines.gorky.media/znamia/2013/4/german-sadulaev-pryzhok-volka.html.

Филиппов Д. Леонид Губанов. И пригласил слова на пир: стихотворения и поэмы. [2022-12-01]. https://magazines.gorky.media/znamia/2013/11/leonid-gubanov-i-priglasil-slova-na-pir-stihotvoreniya-i-poemy.html.

谢尔盖·沙尔古诺夫（Сергей Шаргунов）

代表性作品

Шаргунов С. Как там ведет себя Шаргунов?. [2022-12-01]. https://magazines.gorky.media/novyi_mi/2000/3/kak-tam-vedet-sebya-shargunov.html.

Шаргунов С. Уйти по-английски. [2022-12-01]. https://magazines.gorky.media/novyi_mi/2001/1/ujti-po-anglijski.html.

Шаргунов С., Остапенко А. Два острова. М.: ОГИ, 2002.

Шаргунов С. На донышке совиного зрачка. [2022-12-01]. https://magazines.gorky.media/arion/2003/1/na-donyshke-sovinogo-zrachka.html.

Шаргунов С. Малыш наказан. СПб.: Амфора, 2003.

Шаргунов С. Ура. (2020-03-19)[2022-12-01]. https://shargunov.com/ura.html.

Шаргунов С. Поколение Лимонки. М.: Ультра-Культура, 2005.

Шаргунов С. Как меня зовут?. М.: Вагриус, 2006.

Шаргунов С. Птичий грипп. М.: АСТ, 2008.

Шаргунов С. Битва за воздух свободы. М.: Алгоритм, 2008.

Шаргунов С. Чародей. [2022-12-01]. https://magazines.gorky.media/continent/2008/135/charodej.html.

Шаргунов С. Приключения черни. [2022-12-01]. https://magazines.gorky.media/znamia/2009/2/priklyucheniya-cherni.html.

Шаргунов С. Вась-Вась. [2022-12-01]. https://magazines.gorky.media/novyi_mi/2010/4/vas-vas.html.

Шаргунов С. Литературная матрица: учебник, написанный писателями. М.: Лимбус Пресс, 2010.

Шаргунов С. Десятка: антология современной русской прозы. М.: Ад Маргинем, 2011.

Шаргунов С. Книга без фотографий. М.: Альпина нон-фикшн, 2011.

Шаргунов С. Скандал. [2022-12-01]. https://magazines.gorky.media/novyi_mi/2012/3/skandal.html.

Шаргунов С. Жук. [2022-12-01]. https://magazines.gorky.media/

october/2012/12/zhuk.html.

Шаргунов С. Все о Еве. М.: АСТ, 2012.

Шаргунов С. Русские дети. СПб.: Азбука, 2013.

Шаргунов С. Русские женщины. СПб.: Азбука, 2013.

Шаргунов С. 1993: семейный портрет на фоне горящего дома. М.: АСТ, 2013.

Шаргунов С. Литературная матрица: Советская Атлантида. СПб.: Лимбус Пресс, 2014.

Шаргунов С. Детский мир. М.: АСТ, 2014.

Шаргунов С. Катаев и война. [2022-12-01]. https://magazines.gorky.media/druzhba/2015/12/kataev-i-vojna.html.

Шаргунов С. Замолк скворечник. [2022-12-01]. https://magazines.gorky.media/novyi_mi/2016/4/zamolk-skvorechnik.html.

Шаргунов С. Сахар на рану. [2022-12-01]. https://magazines.gorky.media/novyi_mi/2016/11/sahar-na-ranu.html.

Шаргунов С. Катаев: погоня за вечной весной. М.: Молодая гвардия, 2016.

Шаргунов С. Правда и ложка. [2022-12-01]. http://www.nm1925.ru/Archive/Journal6_2017_10/Content/Publication6_6733/Default.aspx.

Шаргунов С. Валентин Петрович. [2022-12-01]. https://magazines.gorky.media/october/2018/2/valentin-petrovich.html.

Шаргунов С. Три рассказа. [2022-12-01]. https://magazines.gorky.media/znamia/2018/3/tri-rasskaza-84.html.

Шаргунов С. Поповичи. [2022-12-01]. http://www.nm1925.ru/Archive/Journal6_2018_3/Content/Publication6_6856/Default.aspx.

Шаргунов С. Счастье-то какое!. М.: АСТ, 2018.

Шаргунов С. Свои. (2020-01-22)[2022-12-01]. https://shargunov. com/svoi.html.

Шаргунов С. Дружок. [2022-12-01]. http://www.nm1925.ru/Archive/Journal6_2021_1/Content/Publication6_7646/Default.aspx.

评论文章

Шаргунов С. Агата Кристи: автобиография. [2022-12-01]. https://magazines.gorky.media/novyi_mi/2000/5/agata-kristi-avtobiografiya.html.

Шаргунов С. Синдром Сидиромова. [2022-12-01]. https://magazines.gorky.media/novyi_mi/2000/6/sindrom-sidiromova.html.

Шаргунов С. Милорад Павич: ящик для письменных принадлежностей. [2022-12-01]. https://magazines.gorky.media/novyi_mi/2000/12/milorad-pavich-yashhik-dlya-pismennyh-prinadlezhnostej.html.

Шаргунов С. Отрицание траура. [2022-12-01]. https://magazines.gorky.media/novyi_mi/2001/12/otriczanie-traura.html.

Шаргунов С. «Проблема овцы» и ее разрешение. [2022-12-01]. https://magazines.gorky.media/novyi_mi/2002/4/problema-ovczy-i-ee-razreshenie.html.

Шаргунов С. Удава проглотили кролики: кое-что о «новом Пелевине». [2022-12-01]. https://voplit.ru/article/udava-proglotili-kroliki-koe-chto-o-novom-pelevine/.

Шаргунов С. Стратегически мы победили. [2022-12-01]. https://magazines.gorky.media/continent/2005/125/strategicheski-my-pobedili.html.

Шаргунов С. Десять лет вместе. [2022-12-01]. https://magazines.gorky.media/znamia/2010/10/desyat-let-vmeste.html.

Шаргунов С. Россию нужно выдумать заново?. [2022-12-01]. https://voplit.ru/article/rossiyu-nuzhno-vydumat-zanovo-elena-kolyadina/.

Шаргунов С. Как философствуют камнем. [2022-12-01]. https://magazines.gorky.media/druzhba/2014/9/kak-filosofstvuyut-kamnem.html.

Шаргунов С. Лев Толстой—лес густой. [2022-12-01]. https://magazines.gorky.media/novyi_mi/2015/2/lev-tolstoj-les-gustoj.html.

后　记

2019 年，“俄罗斯新现实主义小说研究”项目入选浙江省哲学社会科学规划课题。2019—2020 年，在浙江大学外国语学院，特别是俄语所的大力支持下，我暂别日常的教学，前往俄罗斯圣彼得堡大学访学，其间参加了许多作家的创作交流活动，也与研究当代俄罗斯文学的学者进行了面对面的交流。这些经历中的所有收获都潜移默化地促进了项目研究成果的完成与完善。2022 年，项目入选了“浙江大学文科精品力作出版资助计划”。

在聚焦俄罗斯新现实主义小说之前，我的研究专注于苏联解体后俄罗斯小说中的苏联形象研究。在研读众多作品时，我时常惊叹于许多作品的构思与架构，而让我阅读起来更加畅快淋漓、记忆更为深刻的还是那些偏向传统、有完整情节的故事。不过当时我还不太相信自己的直觉，担心这是我对当代俄罗斯文学把握的偏差，直到拜读了张建华教授的皇皇巨著《新时期俄罗斯小说研究（1985—2015）》。张老师在书中分析现实主义作品时提到，俄罗斯文学的巨型叙事话语洪流不会断流，这极大地鼓舞了我。此外，自新千年以来，俄罗斯文坛的新现实主义创作不断发展壮大，蔚为大观，这些都让我有了底气来关注这一叙事话语在新时期的呈现。

在项目研究期间，我有幸参加了汪介之教授主持的国家社会科学基金重大项目“俄罗斯文学史的翻译与研究”，翻译了有关现实主义发展史的部分篇章，也更深刻地理解到，现实主义不会消失，它的包容和发展在现代主义蓬勃发展的白银时期已经有了很好的证明。在20、21世纪之交，现实主义文学以新的形态，即新现实主义文学，再次凸显在俄罗斯文学发展进程之中。俄罗斯新现实主义文学的出现与发展不仅是新时期俄罗斯文学的现象，更是俄罗斯文学发展的必然轨迹。在很大程度上，这还是文学价值与意义的现身说法。

本书的完稿要感谢浙江大学俄语所各位同事的关心与支持！每一次学术研讨会、每一次“俄罗斯文学启真讲坛”的学术讲座，都让我获益匪浅，不断成长。感谢一直陪伴我在学术路上同行的研究生公冶健哲、刘天宇、周莉英、管婷婷和彭雁飞，她们无论是在课程小论文还是毕业大论文中都显示出对当代俄罗斯文学的浓厚兴趣，这也促使我不断更新自己关于当代俄罗斯文学，特别是关于俄罗斯新现实主义文学的知识。本书的顺利出版还要感谢董唯编辑一直以来的关心与支持，她为本书的出版付出了极大的心血！

此外，本书能够顺利完成还要感谢家人们的支持！“上有老，下有小”才让我的生活不是“一地鸡毛”：有天天用崇拜眼光鼓励我的小雪糕；有时时关心我身体的爱人；还有照顾家里，接送孩子，让我毫无后顾之忧的公公婆婆；更有精神上永远支持我的爸爸妈妈、弟弟妹妹！

薛冉冉

2024年5月1日于紫金西苑